天山樓

천산루

조돈형 新무협 판타지 소설

FANTASTIC ORIENTAL HEROES

천산루 6

조돈형 新무협 판타지 소설

초판 1쇄 찍은 날 § 2014년 12월 22일
초판 1쇄 펴낸 날 § 2014년 12월 24일

지은이 § 조돈형
펴낸이 § 서경석

편집부장 § 권태완
편집책임 § 박은정

펴낸곳 § 도서출판 청어람
등록번호 § 제387-1999-000006호
등록일자 § 1999. 5. 31
어람번호 § 제2-2559호

주소 § 경기도 부천시 원미구 부일로 483번길 40 서경B/D 3F (우) 420-822
전화 § 032-656-4452 팩스 § 032-656-4453
http://www.chungeoram.com
E-mail § chungeorambook@daum.net

ISBN 979-11-04-90035-8 04810
ISBN 979-11-316-9083-3 (세트)

天山樓

천산루

조도형 新무협 판타지 소설

FANTASTIC ORIENTAL HEROES

6

도서출판 청어람

天山樓
천산루

42장

귀환(歸還)

꽝! 꽝! 꽝!

삼선정을 뒤흔드는 충돌음과 함께 흑면살귀의 입에서 피분수가 뿜어져 나왔다.

이미 온몸은 만신창이가 되었고 들고 있는 검은 연이은 충돌로 인해 더 이상 무기라고 하기에도 민망할 정도로 망가져 버렸다.

그런 최악의 상황에서도 흑면살귀가 목숨을 부지하고 있는 것은 현재 천마신교 쪽에서 그와 더불어 가장 뛰어난 무공을 지닌 철산도마가 죽을힘을 다해 독고무를 공격하고 있기 때문이었다.

그 역시 상황은 좋지 못했다.

천마수에서 뿜어져 나오는 천마멸강수는 맨손으로 시전할 때보다 최소한 세 배 이상의 위력을 뿜어냈는데 정면으로 부딪쳐 부수지 못할 것이 없었고 스치는 것만으로도 심대한 타격을 입혔다.

비교적 뒤늦게 싸움에 뛰어든 철산도마의 몰골이 흑면살귀보다 더욱 좋지 않은 것은 바로 그런 이유였다.

"기가 막히는군."

전장에서 벗어나 사도은과 나란히 서 있던 수라노괴의 입에서 절로 탄성이 터져 나왔다.

"놀랄 힘이 남아 있는 것을 보니 견딜 만한가 보네. 걱정하지 않아도 되겠어."

사도은의 말에 수라노괴는 쓴웃음을 지었다.

독고무가 싸움에 개입하기 직전, 흑면살귀와의 대결에서 열세를 면치 못했던 수라노괴는 계속 끌려가다간 아무것도 해보지 못하고 패한다는 생각에 목숨을 담보로 한 회심의 공격을 감행했다.

결과적으로 공격은 실패했고 독고무의 개입이 조금만 더 늦었더라면 그대로 숨이 끊어졌을 치명적인 부상을 당하고 말았다.

"천마수의 위력이 저 정도일 줄은 정말 상상도 못했네."

사도은은 철산도마가 사용하는 대도(大刀)를 장난감처럼 만들어 버리는 천마수의 위용에 감탄을 금치 못했다.

"그러게. 천마조사님의 가장 강력한 무공이 천마멸강수라는 기록이 거짓이 아님을 이제야 믿을 수 있겠어. 천마수를 되찾은 것은 정말 천운이네."

수라노괴 역시 전설로만 전해 내려오던 천마수의 엄청난 위력에 혀를 내둘렀다.

"하지만 무엇보다 놀라운 것은 소존의 실력일세. 군림도나 천마수가 대단한 무기임은 틀림없지만 그렇다고 천마신교에서 가장 뛰어나다고 할 수 있는 흑면살귀와 철산도마를 저토록 여유롭게 무너뜨릴 수 있다는 것은……."

수라노괴가 말을 잇지 못하자 사도은이 감격에 찬 얼굴로 말했다.

"천마조사님 이후, 가장 완벽한 천마께서 탄생하셨음을 의미하는 것이지."

서로의 시선을 교환한 두 사람은 한참 동안 아무런 말도 없이 독고무가 흑면살귀와 철산도마를 쓰러뜨리는 것을 지켜보았다.

흑면살귀는 무기라 부르기도 민망한 검을 들고 군림도와 맞서다 결국 머리부터 발끝까지 양단이 되어 쓰러졌고 그보다 앞서 철산도마는 천마수가 뿜어낸 가공할 강기에 시신조차 제대로 찾기 힘들 정도로 처참하게 목숨을 잃었다.

천마신교의 장로로서 막대한 권력을 누리던 자들의 최후치고는 너무도 처참하고 허무한 것이었지만 어찌 보면 배신자의 당연한 말로라 할 수 있었다.

죽음 직전, 흑면살귀는 아직까지 도착하지 않은 지원군에 대한 처절하게 저주를 토해내며 쓰러졌고 외침을 들은 사도은은 그제야 후방으로 빠진 진유검과 전풍을 떠올렸다.

"저쪽 상황은 어떤지 모르겠군."

사도은이 슬쩍 고개를 돌리며 중얼거렸다.

삼선정의 싸움이 마무리가 되어갈 즈음 진유검과 대면한 지원군 역시 진퇴양난의 위기에 빠져 있었다.

전혀 예상치 못한 상황에서 진유검과 전풍을 만나게 된 지원군은 곧바로 응전의 태세를 갖추었다.

현 상황에서 천마신교의 진정한 정예는 삼선정에서 싸우고 있는 이들이 아니라 루외루의 간자들이 빼돌린 지원군이었다.

냉혈검과 흑마왕 등 지원군을 이끌고 이동하던 이들은 진유검의 등장에 다소 당황하긴 했어도 자신들이 보유한 전력이라면 상대하는 데 전혀 무리가 없다고 여겼다.
그런데 변수가 있었다.
난데없이 등장한 고루마종과 그를 따르는 수하들이 후방에서 기습인 공격을 시작한 것이다.
고루마종뿐만이 아니었다.
고루마종의 기습 공격에 전열이 흐트러진 순간 네 명의 막강한 고수가 출현했다.
무황성의 비밀무기라 불리는 천강십이좌!
유상의 장례를 치른 후, 멀리 떨어져 있는 이좌 항정과 육좌 임소한을 제외한 문청공, 조단, 여우희, 곽종은 곧바로 천강도를 떠나 진유검을 만나기 위해 항주로 움직였다.
세외사패가 준동한 이상 무황성으로 복귀해서 그들과 함께 싸워야 한다는 의견도 잠시 있었지만 천강십이좌가 따르고 명을 받들어야 하는 사람은 오직 수호령주뿐이기에 진유검과 함께 움직이는 것이 맞다고 결론을 내린 것이다.
진유검은 천강십이좌의 수좌로서 천강십이좌의 해산을 명했지만 그들 스스로는 여전히 천강십이좌이기를 원했고 진유검을 수좌로 인정하고 있었다.
"생각보다 너무 쉬운데요."
전풍은 확 기울어진 전세를 살피며 입맛을 다셨다.
싸움이 시작하는 것과 동시에 천면랑과 냉혈검, 흑마왕

의 합공을 순식간에 박살 내며 지원군의 사기를 단숨에 꺾어버린 진유검과는 달리 별다른 활약도 하지 못하고 뒤로 물러나 있는 것이 아쉬운 듯한 표정이었다.

"저들이 워낙 강하니까."

진유검은 천마신교 제자들을 압살하는 천강십이좌를 가리켰다.

유상에 대한 복수심으로 불타고 있는 그들이기에 손속에 인정은 찾아볼 수가 없었다.

가장 성격이 부드러웠던 문청공마저 눈동자에 살기를 번뜩이며 마구 살수를 뿌려대니 누구보다 살기 충만한 여우희야 두말할 필요도 없었다.

그녀의 핏빛 어린 호접살무에 죽어나간 적의 수가 나머지 사람들이 쓰러뜨린 인원보다 많을 정도였다.

"저 늙은이와 수하 놈들도 제법이고요."

전풍이 온몸을 피로 물들인 고루마종과 그의 수하들을 가리켰다.

처음 공격을 시작했을 때보다 인원이 많이 줄었지만 투기는 오히려 조금도 사그라들지 않고 오히려 활활 타오르고 있었다.

"그런데 마뇌 영감은 어떻게 저 늙은이를 설득했을까요?"

전풍은 모든 사정을 알면서도 끝까지 독고무를 따르지 않고 배덕의 길을 선택한 고루마종과 그의 수하들이 갑자기 아군이 되어 나타난 것을 도무지 이해할 수가 없었다.

"항주를 떠난 고루마종이 무이산을 향해 움직이고 있었다는 것은 다들 알고 있었잖아. 아마 계속해서 설득을 한 모양이지."

"그러니까요. 마뇌 영감이 대체 어떤 당근을 던졌기에 이쪽으로 돌아섰는지가 너무 궁금하다고요."

"나도 몰라. 아무튼 중요한 것은 저들로 인해 싸움이 한결 편해졌다는 거고 네 녀석은 이렇게 한가롭게 있을 게 아니라 저렇게 몰래 도망치는 놈을 쫓아야 한다는 거지."

진유검이 재빠른 움직임으로 도주를 시도하는 일단의 무리를 가리켰다.

"흐흐흐! 쥐새끼들이 있었군요."

괴소를 터뜨린 전풍이 도주하는 적들을 향해 몸을 날렸다.

언제나 그렇듯 처음엔 느렸다.

하지만 백 번째 걸음을 내딛는 순간, 그의 몸은 빛살이 되어 은밀히 탈출을 시도하고 있던 추융과 흑무각의 요원들을 덮쳐갔다.

단 한 번의 움직임에 맨 후방을 맡고 있던 두 명의 요원이 힘없이 무너져 내렸다.

"마, 막아랏!"

눈 깜짝할 사이에 접근하여 공격을 퍼붓는 전풍을 막기 위해 추융은 필사적이었다.

지금 이 자리엔 수하들의 목숨은 물론이고 자신의 목숨을 버려서라도 지켜야 하는 사람이 있었다.

"저자가 전풍이란 자군요."

혁리건이 눈에 보이지도 않을 정도로 빠르게 움직이는 전풍을 보며 탄식했다.

"빨리 가게. 놈은 어떻게든 막아보겠네."

"하지만……."

혁리건이 머뭇거리자 추융이 다급히 외쳤다.

"어서! 더 늦으면 방법이 없어. 뭣들 하느냐! 빨리 군사를 모셔라."

추융의 불호령에 흑무각에서 가장 날랜 두 명의 요원이 혁리건의 양팔을 붙잡듯 부축했다.

"각주… 님."

추융이 참담한 표정을 짓고 있는 혁리건의 등을 떠밀었다.

"꼭 살아야 하네. 꼭!"

떠나는 혁리건에게 애써 웃음을 보인 추융이 빙글 몸을

돌렸다.

엄청난 속도로 움직이며 노도처럼 수하들을 쓸어버린 전풍이 그를 향해 짓쳐 들었다.

"얕보지 마라, 애송아!"

추융이 양손을 교차하여 뿌렸다.

손가락 사이에 끼어져 있던 여덟 자루의 비수가 전풍을 향해 쏘아졌다.

생각보다 빠르고 위협적인 공격에 전풍의 공세가 잠시 멈칫했으나 그뿐이었다.

결정적인 일격을 날리지 못한 추융은 몸에 지닌 모든 암기를 허무하게 소비했고 좌측 옆구리를 파고 들어온 전풍의 발길질을 막지 못했다.

"이제 마지막."

추융까지 무너뜨린 전풍의 눈이 저 멀리 사라지고 있는 혁리건의 뒷모습에 고정되었다.

탈출을 시키려는 모양새가 꽤나 중요한 인물인 듯싶었다.

"하지만 어림없지."

비릿한 웃음을 흘린 전풍의 발걸음이 필사의 탈출을 감행하고 있는 혁리건에게 향하고 몇 번의 호흡이 끝나기도 전, 순식간에 그들의 지척에 이르렀다.

혁리건을 부축하고 달리던 요원들의 시선이 허공에서 부딪치는 것도 잠시, 왼쪽에 있던 요원이 괴성을 내지르며 전풍에게 달려들었다.

어떻게든지 시간을 끌어보기 위함이었으나 전풍은 그가 무기를 채 휘두르기도 전에 스쳐 지나갔고 뒤따라온 광풍에 요원의 몸이 붕 떠서 날아갔다.

정신을 잃은 요원의 입에서 피분수가 뿜어져 나왔다.

그의 가슴이 움푹 들어간 것을 보면 전풍이 단순히 스쳐 지나간 것은 아닌 것 같았다.

"크아악!"

혁리건을 마지막까지 지키려고 애쓰던 요원의 입에서도 단말마의 비명이 터져 나왔다.

땅바닥에 쓰러져 꿈틀대는 요원을 보며 혁리건은 더 이상 움직일 수가 없었다.

"누구냐, 넌? 뭣하는 위인이기에 이놈들이 이리 애쓰는 거냐?"

전풍이 쓰러진 요원의 등에 발을 올리곤 묻자 혁리건이 입술을 꽉 깨물며 말했다.

"혁리건이다."

"혁리건?"

낯설지 않은 이름이지만 딱히 기억에는 없었다.

전풍이 고개를 갸웃거리자 혁리건이 한층 차분해진 얼굴로 말을 이었다.

"내가 바로 천마신교의 군사다."

"아! 맞다. 이제 기억이 나네. 군사 혁리건. 마뇌 영감이 그토록 경계하던 인물. 이거 생각지도 못한 거물을 낚았는걸. 아무튼 반갑다. 난 전풍이다. 크크크!"

전풍은 사도은이 자신 없어 할 정도로 뛰어나다는 혁리건을 자신의 손으로 사로잡게 된 것이 무척이나 기쁜 듯했다.

점혈을 하기 위함인지 전풍이 혁리건을 향해 손을 뻗었다.

반항을 해봐야 구차해질 뿐이라는 것을 알고 있는 혁리건은 지그시 눈을 감는 것으로 치욕을 감내했다.

바로 그 순간이었다.

쐐애액!

엄청난 파공성과 함께 화살 하나가 날아왔다.

위험을 느낀 전풍이 본능적으로 몸을 틀었지만 화살은 그의 어깨에 정확하게 명중했다.

"큭!"

화살에 담긴 힘을 이기지 못한 전풍이 일그러진 얼굴로 뒷걸음질 쳤다.

전풍이 자신의 어깨에 깊숙이 박힌 화살을 거칠게 뽑았다.

일반적으로 쓰이는 화살이 아니라 상당히 무게가 나가는 철시(鐵矢)였다.

전풍은 화살이 날아온 것으로 예측되는 방향으로 황급히 고개를 돌렸다.

대략 육십여 장 떨어진 암석 위에서 활을 겨누고 있는 괴인의 모습이 확인됐다.

그리고 좀 더 가까운 곳에서 달려오는 다른 한 명의 사내까지.

또 한 발의 화살이 날아들었다.

화살이 시위를 떠났다고 느끼는 순간 코앞에 이르고 있었다.

전풍은 피할 사이도 없이 양손을 합장하듯 화살을 잡아챘다.

엄청난 힘에 몸이 휘청거렸다.

화살은 전풍의 손아귀를 빠져나오기 위해 맹렬히 가속했고 전풍은 열 걸음 이상이나 물러난 뒤에야 겨우 화살에 담긴 힘을 제어했다.

간신히 위기를 모면한 전풍은 그대로 몸을 돌렸다.

멍한 눈으로 자신을 바라보는 혁리건이 눈에 밟히기는

했지만 지금은 그것이 중요한 것이 아니었다.

두 번의 화살 공격은 그에게 목숨을 잃을지도 모른다는 두려움을 느끼게 만들었고 어느새 지척에 이른 괴 사내의 존재감 역시 대단했다.

당금 무림에 그만한 실력을 보유한 자들이라면 오직 루외루뿐이란 생각에 뒤도 안 보고 달린 것이다.

그 후로도 두어 발의 화살이 더 날아들었지만 아픈 팔을 부여잡고 미친 듯이 몸을 흔들며 내달린 덕분에 전풍은 간신히 목숨을 보존할 수 있었다.

"아깝네. 좋은 기회였는데."

혁리건 옆에 도착한 괴 사내가 희미한 점으로 변해 도망치는 전풍을 보며 아쉬워했다.

아쉬움도 잠시, 사내가 의혹 가득한 눈으로 자신을 바라보는 혁리건을 향해 고개를 돌렸다.

"당신이 천마신교의 군사 혁리건이 맞소?"

"누구시오?"

"혁리건이 맞느냐고 물었소."

사내가 거듭 물었다.

"그렇소만 대체 당……."

혁리건의 말은 이어지지 못했다.

혁리건을 기절시킨 사내가 혁리건의 몸을 어깨에 걸쳤다.

"지금 한가하게 얘기를 나눌 시간은 없소. 괴물이 오고 있으니까."

전풍이 사라진 방향으로 고개를 힐끗 돌린 사내는 지체 없이 몸을 날렸다.

전풍에 비할 바는 아니나 사내는 그 누구보다 빠른 움직임으로 자리에서 멀어져 갔다.

"상처는 좀 어떠냐?"

진유검이 피로 물든 옷가지를 힐끗 바라보며 물었다.

화살을 맞은 부위에 급한 대로 금창약을 바르고 응급처치를 했지만 고통이 가시질 않는지 전풍은 연신 인상을 쓰고 있었다.

"화살의 위력이 보통이 아닌데요. 뼈도 상한 것 같습니다. 젠장맞을!"

진유검은 전풍의 눈꼬리가 고통으로 떨리는 것을 보며 한숨을 내쉬었다.

"어쨌거나 그만하길 다행이다. 자칫하면 큰일 날 뻔했어."

"그러게요. 뭔가 섬뜩한 느낌이 들어 몸을 틀었기에 망정이지 골로 갈 뻔했습니다."

전풍의 몸이 살짝 떨렸다.

어지간한 위험엔 눈 하나 꿈쩍하지 않는 그였으나 화살이 짓쳐 들던 그때는 정말 죽음을 떠올릴 정도로 위험천만한 순간이었다.

"그런데 놓친 겁니까?"

"내가 그곳에 갔을 땐 이미 도주한 뒤였어. 흔적이 남아 있기는 했지만 쫓아갈 상황이 아니었다."

"그 혁리건이라는 놈도 사라진 겁니까?"

"그래."

"아깝네요. 루외루 놈들이 놈을 구하기 위해 직접 나선 것을 보면 정말 중요한 놈인 모양인데요."

전풍은 자신을 공격한 이들이 루외루에서 나온 고수라 단정 짓고 있었다.

진유검 역시 그들을 직접 만나고 상대해 본 것은 아니나 단 한 번의 공격으로 전풍을 위기에 몰아넣은 것을 보곤 별다른 이견을 보이진 않았다.

"공자님."

진유검을 향해 한 중년인이 달려왔다.

사도은의 명을 받고 고루마종을 설득하는 데 혁혁한 공을 세운 사도은의 제자 막연이었다.

"싸움은 끝났습니까?"

"예, 저항이 심했지만 결국 마무리가 되었습니다."

"몇 명이나 항복을 한 겁니까?"

"칠십 정도입니다."

막연의 말에 진유검의 눈살이 찌푸려졌다.

칠십이라면 처음 인원에서 삼 할이 채 안 되는 숫자였다.

"여기까지 온 녀석들은 대충 돌아가는 상황을 알고 있을 겁니다. 그랬기에 항복보다는 끝까지 항전을 하려던 놈들이 많았던 것이고요. 솔직히 항복을 했다고는 해도 본교를 위해 충성을 다할지 의심이 되는 녀석들입니다."

막연은 포로들에 대한 증오심을 감추지 않았다.

"그거야 쓰는 사람이 어떻게 쓰느냐에 따라 달린 것이겠지요. 아무튼 애썼습니다. 고루마종 쪽도 제법 피해가 있었겠군요."

"예, 그를 따르던 수하들 중 절반 이상이 목숨을 잃었으니 상당한 피해라 할 수 있을 겁니다. 그래도 운이 좋았지요. 저분들이 아니었다면 훨씬 심각한 피해를 감수해야 했을 테니까요."

막연이 싸움을 마무리 짓고 다가오는 천강십이좌를 가리키며 말했다.

천강십이좌의 도움이 컸던 것은 사실이지만 애당초 그들이 도착하지 않았다고 해도 진유검이 본격적으로 나섰다면 결과에 큰 변화는 없었을 터였다.

진유검은 별다른 대답 없이 수하들을 수습하고 있는 고루마종을 가만히 살폈다.

'흠, 마음의 짐을 덜었다는 건가?'

격전으로 인해 지친 표정이 역력했지만 루외루의 음모가 밝혀졌음에도 독고무를 인정하지 않고 물러났던 그때와는 달리 어딘지 모르게 홀가분한 표정이었다.

"아까는 상황이 급해 제대로 인사도 올리지 못했습니다, 령주님."

천강십이좌를 이끌고 싸움에 승리한 문천공이 다가와 예를 차렸다.

"그런 말씀 마십시오. 덕분에 쉽게 싸움을 끝낼 수 있었습니다."

마주 예를 차린 진유검이 여우희와 곽종에게 시선을 돌렸다.

"잘 보내주었습니까?"

묻는 진유검의 눈빛이 쓸쓸했다.

"예, 양지바른 곳에 잘 묻어주었습니다."

여우희가 슬픈 음성으로 대답했다.

"쥐새끼의 목을 잘라 녀석의 제단에 올렸으면 금상첨화였겠지만 그걸 못해서 아쉬웠습니다. 눈치가 빠른 놈이라 놓치고 말았습니다."

"쥐새끼?"

진유검이 고개를 갸웃거렸다.

"천강도까지 따라붙은 간자가 있었습니다. 운이 좋아 명줄은 이어갈 수 있겠지만 정상적인 몸으로 살아갈 수는 없을 겁니다."

여우희는 팔을 잃고도 죽을힘을 다해 도주하던 간자의 뒷모습을 떠올리며 말했다.

"그까짓 간자의 목숨으로 어찌 위로가 되겠습니까? 곧 제대로 된 복수를 시작할 것이니 너무 아쉬워하지 마십시오."

진유검이 여우희를 위로할 때 문청공이 끼어들었다.

"지금은 복수에 연연할 때가 아닌 것 같습니다."

모두의 시선이 문청공에게 향했다.

"세외사패가 무림을 노리고 있습니다. 가장 먼저 움직인 야수궁은 이미 십만대산을 초토화시키고 북상 중입니다. 우선적으로 놈들을 막아야 할 것입니다."

천강삼좌 조단이 말을 이었다.

"맞습니다. 루외루가 얼마나 위험한 자들인지는 익히 들어 알고 있지만 지금은 보이지 않는 칼이 아니라 코앞에서 위협하고 있는 칼을 막아야 할 때라고 봅니다."

문천공과 조단은 행여나 진유검이 유상의 복수에 집착할

까 걱정하는 모습이 역력했다.

"걱정하지 마십시오. 복수를 한다고 하여 혼자 날뛸 생각은 없으니까요. 어차피 부딪칠 수밖에 없습니다. 놈들이 무림에 대한 욕심을 버리지 않는 이상 말이지요.

문청공과 조단의 염려를 일축하는 진유검의 음성은 담담했지만 느껴지는 기운은 서늘하기만 했다.

* * *

무이산 동북쪽 능선의 버려진 도관.

전풍에게 부상을 입히고 혁리건을 구해간 이들이 주변을 살피며 도관으로 들어섰다.

금방이라도 무너질 듯한 도관 안에서 그들을 기다리고 있던 중년인이 축 늘어진 혁리건을 힐끗 살피며 말했다.

"애썼다."

"애는 무슨요."

혁리건을 들쳐 메고 있던 옥광(玉光)이 아무렇게나 그를 내려놓으며 말을 이었다.

"화살 한 발 날리고 끝냈습니다."

중년인이 쓴웃음을 짓고 있는 검유(劍流)를 응시했다.

"수호령주와 함께 다니던 녀석이었습니다. 어린 녀석인

데도 실력이 대단하더군요."
"어째 네 화살을 피했다는 소리 같구나."
옥광이 재빨리 끼어들었다.
"여기를 노린 것 같은데 거기가 아니라 결과적으로 여기에 한 발 꽂혔습니다."
미간을 가리키던 옥광의 손가락이 어깨로 이동했다.
"네 화살이 빗나갈 때도 있더란 말이냐. 그래서 어찌 되었느냐? 도망치는 것을 그냥 두고 보지는 않았을 테고."
중년인이 흥미 가득한 얼굴로 물었다.
"몇 발 더 날리기는 했지만 모두 빗나갔습니다."
힘없이 대답하는 검유의 얼굴이 살짝 붉어졌다.
"내 평생 그렇게 빠른 놈은 처음 보았습니다. 중심을 제대로 잡기 힘들었을 텐데도 엄청난 속도로 달리던데요. 솔직히 달리는 속도만으로 보면 천하에서 따를 자가 없을 것 같았습니다."
"허! 그렇게까지."
평소 오만하기 그지없는 옥광의 입에서 상대를 칭찬하는 소리가 흘러나오자 중년인은 놀라움을 감추지 못했다.
"하면 수호령주는 어떻더냐? 무림에 퍼진 소문대로 실력이 대단하더냐?"
중년인의 질문에 옥광과 검유의 안색이 심각하게 변했다.

"소문은 믿을 것이 못 된다고 하더니 확실히 그런 것 같습니다."

중년인이 의아한 얼굴로 입을 열려는 찰나 옥광의 말이 빠르게 이어졌다.

"소문보다 몇 배는 더 대단한 놈이었습니다. 혹시나 하는 마음에 가까이 접근하지 않고 멀리서 지켜보았기에 망정이지 그렇지 않았다면 틀림없이 놈의 이목에 걸렸을 겁니다."

"허! 그렇게나?"

중년인이 감탄성을 터뜨렸다.

"저희가 전장에 도착했을 땐 막 싸움이 시작되는 시점이었습니다. 수호령주는 천마신교 병력을 이끌던 우두머리들과 격전을 펼쳤습니다."

검유의 말에 옥광이 어이가 없다는 얼굴로 말했다.

"격전은 무슨 격전. 아예 가지고 논 것이지. 너도 봤잖아. 세 늙은이에게 합공을 당하면서도 전혀 흐트러지지 않던 그의 움직임을."

옥광이 허리춤에 달려 있던 천리경(千里鏡)을 툭 건드리며 말을 이었다.

"가까이에서 두 눈으로 직접 본 것도 아니고 이걸로 보고 있는데도 그 엄청난 기세가 선해지더라고요."

"그 정도더냐?"

중년인이 놀란 눈을 치켜뜨며 옥광보다 훨씬 침착하고 냉정한 눈을 지닌 검유에게 물었다.

"수호령주가 간단히 물리친 자들의 실력도 상당한 것이었습니다. 능히 한 지역의 패자가 될 만한 실력을 가진 고수들이었는데도 그들이 할 수 있는 것은 아무것도 없었습니다. 그저 무기력한 몇 번의 반항을 끝으로 허무하게 쓰러지는 것이 전부였지요. 솔직히 수호령주의 역량을 짐작할 수가 없었습니다. 함부로 언급할 말은 아니지만 사부님이 아니시라면……."

검유가 중년인의 눈치를 살피며 말끝을 흐렸다.

"그렇게 눈치 볼 것 없다. 네가 그렇게 느꼈다면 그런 것이겠지. 이제야 이해가 되는구나. 어째서 이 사형이 수호령주를 그토록 경계하고 우리를 이곳으로 보내 그를 살펴보라고 한 것인지를 말이다."

"그러게요. 저희도 처음엔 어째서 이 사형께서 수호령주를 그리 높게 평가하는지 이해를 하지 못했습니다만 직접 겪고 보니 확실히 알 수 있었습니다."

"아쉽구나. 그 정도였다면 너희만 보낼 것이 아니라 내가 직접 가서 보았어야 하는데."

중년인이 진심으로 아쉬워하자 검유가 웃으며 물었다.

"기회가 있겠지요. 그런데 어째서 저자를 구하라고 하신 겁니까? 갑작스레 전서구가 날아와서 깜짝 놀랐습니다.”
“이 사형의 전언이 있었다.”
“그렇군요. 한데 하오문주를 만난 것이 아니었습니까?”
“하오문주를 만나기 전에 연락을 받았지.”
“하면 하오문주는…….”
“조금 전에 떠났다. 쯧쯧, 하필이면 애매한 시간에 약속을 잡아서.”
옥광과 검유가 도착하기 전까지만 해도 하오문을 통해 얻은 정보에 흡족해하던 중년인이 괜스레 심통을 부렸다.
중년인의 불만 어린 눈빛이 죽은 듯 쓰러져 있던 혁리건에게 향했다.
“정신을 차렸으면 이제 그만 일어나게. 언제까지 정신을 잃은 척하고 있을 것인가?”
중년인의 말이 끝나기가 무섭게 움직인 옥광이 혁리건의 목덜미를 치켜 올렸다.
“연극을 하려면 확실히 하던가. 숨소리가 다르잖소.”
옥광의 비웃음에 혁리건은 입술을 지그시 깨물었다.
모욕감을 느낄 여유도 없이 질문이 이어졌다.
“그대가 천마신교, 아니, 루외루의 혁리건인가?”
혁리건이 아무런 대답도 하지 않자 중년인의 눈매가 매서워졌다.

“묻지 않는가? 그대가 혁리건이냐고?”

“알면서 구한 것 아닙니까? 묻는 당신들은 누굽니까?”

혁리건의 물음에 중년인과 옥광, 검유의 눈빛이 의미심장하게 변했다.

“그대가 해줘야 할 일이 있네.”

“…….”

“우리를 루외루로 안내해 주게.”

순간, 혁리건의 안색이 딱딱하게 굳었다.

전혀 예상치 못한 말인듯 중년인을 바라보는 옥광과 검유 역시 상당히 놀라는 눈치였다.

혁리건의 안색이 싸늘하게 변했다.

“내 목숨을 구한 것이 그런 이유였나? 실수했군. 그것이 이유였다면 사람을 잘못 골랐다.”

중년인이 피식 웃음을 터뜨렸다.

“뭔가 오해를 하고 있는 것 같군. 만남을 원한 것은 우리가 아니라 그대들 아닌가?”

혁리건의 눈이 휘둥그레졌다.

“그, 그게 무슨 소리냐?”

“루외루가 우리를 만나기 위해 갖은 애를 쓰고 있단 말이지. 지겨울 정도로.”

중년인은 무슨 말을 하는 것인지 전혀 이해하지 못하겠

다는 얼굴을 하고 있는 혁리건을 향해 의미심장한 미소를 지으며 나직이 한 마디를 던졌다.

"산외산."

*　　*　　*

"어쩌다 그렇게 된 거냐?"

부상당한 전풍을 보고 내심 깜짝 놀랐던 독고무가 짐짓 한심하다는 얼굴로 물었다.

"그런 표정으로 보지 마쇼. 이게 다 형님을 위해서 혁리건인가 뭔가 하는 놈을 잡으려다 생긴 일이니까."

"혁리건? 잡았느냐?"

눈을 동그랗게 뜬 사도은이 얼른 물었다.

"놓쳤수. 젠장! 잡았으면 억울하지나 않지."

"루외루냐?"

독고무가 신유검에게 물었다.

전풍에게 부상을 입히고 혁리건을 구해갔다면 틀림없이 루외루가 개입한 것이라 여겼다.

"아마도. 정확하지는 않다."

"놈들이겠시. 다른 놈들이야 어차피 소모품에 불과했겠지만 혁리건 그놈이라면 분명 루외루에서도 중요하게 여겼을 테니까. 아무튼 아쉽네. 본교를 이 꼴로 만든 원흉 중의 원흉인데."

독고무가 이를 빠득 갈았다.

"그자가 운이 좋은 것이니 어쩔 수 없는 일이지. 어쨌든 축하한다. 이제 마무리만 남았구나."

"덕분이다. 배후로 돌아간 적들 때문에 고민했었는데 너와 전풍이 깔끔하게 해결해 주었어."

독고무가 진심 어린 눈길로 진유검을 바라보았다.

"고루마종이 움직여 준 덕분에 생각보다 일이 수월하게 되었다. 그리고 놈들은 처음부터 이곳 싸움에 참여할 생각이 없었어. 루외루로 내빼려고 한 것이지. 그걸 간파해 낸 것이 정말 대단한 거다."

진유검이 사도은을 향해 엄지손가락을 치켜들었다.

"간파라기보다는 의심을 조금 해봤을 뿐입니다. 반신반의했던 일이지요."

사도은이 겸양을 차리자 진유검이 물었다.

"한데 고루마종을 어떻게 움직이신 겁니까?"

다들 궁금한 얼굴로 사도은을 바라보았다.

"수라노괴의 충고대로 접근을 했지요. 단순하기는 해도 고루마종은 누구보다 자존심이 강한 사람입니다. 이 모든 것이 루외루의 계략에 의해 시작되었고 과정과 결과야 어찌 되었든 또 본인의 욕심은 차치하고라도 고루마종도 완벽하게 속아 넘어간 사람 중 한 명이지요. 바로 그 점을 파고들었습니다."

"그러니까 그가 생각하기엔 루외루의 일을 망치는 것이 자존심을 회복하는 길이다? 뭐, 그런 건가?"

혈륜전마가 어이없다는 얼굴로 물었다.

"그런 셈이지."

"정말 머리에 뭐가 들었는지 보고 싶군."

혈륜전마는 고루마종의 단순함에 혀를 내둘렀다.

"꼭 그런 것만은 아닌 것 같습니다."

진유검이 고개를 흔들며 말했다.

"싸움을 승리로 이끈 고루마종의 표정을 잠시 보게 되었는데 무척이나 편안한 얼굴이었습니다. 그 표정은 단순히 루외루의 일을 망친 것으로 자신의 자존심을 회복했다는 의미는 아니었습니다."

진유검이 독고무를 향해 고개를 돌렸다.

"마치 큰 짐을 내려놓은 사람처럼 홀가분해 보였다. 끝까지 네게 무릎을 꿇는 것은 거부했지만 마음 한편으론 네게 무척이나 미안했던 것 같다. 아니, 네가 아니라 천마신교라고 하는 것이 맞겠군. 지신들의 살못된 판단으로 인해 엉망이 되었으니."

"쯧쯧, 그러게 처음부터 수라노괴처럼 소존께 엎드려 빌 것이지."

혈륜전마가 혀를 차며 투덜거리자 사도은이 슬쩍 옆구리를 건드렸다.

"왜 그러는……."

"어떤 상황에서도 소존과 그는 공존할 수 없네. 잘못을 용서하고 말고의 차원이 아니야."

"아!"

그제야 잠시 잊고 있던 기억, 전대 교주가 고루마종의 손에 목숨을 잃었다는 것을 기억한 혈륜전마가 얼른 입을 다물었다.

"그래서, 고루마종은 어디로 갔냐?"

독고무가 물었다.

"정확히는 모르겠다. 함께 가자고 권유를 해봤지만 거절당했다. 지금 와서 생각해 보면 그가 항주를 떠나 여기까지 온 것도 너를 돕기 위함은 아니었을까 하는 생각도 든다. 모든 계략이 드러난 상황에서 굳이 이곳으로 올 필요가 없었잖아. 그 인원으로 현 교주와 싸우려 했다는 건 말이 안 되는 것이고."

"같이 붙어먹으려고 한 것인지도 모르지."

독고무가 같잖다는 표정으로 콧방귀를 뀌자 진유검의 안

색이 조금 차가워졌다.

"정말 그렇게 생각하는 거냐?"

"……."

"그는 끝까지 천마신교를 배신하고 루외루로 넘어가려는 자들을 주저앉혔다. 이미 그것으로 네 말이 틀렸음은 증명된 거다."

"……."

독고무가 무거운 표정을 지은 채 아무런 대꾸도 하지 않자 진유검이 착 가라앉은 음성으로 말을 이었다.

"천마신교 일에 너무 나서는 것 같아 조용히 있으려고 했는데 눈치를 보아하니 제대로 입을 뗄 사람도 없는 것 같다. 해서 내가 몇 마디를 좀 해야겠다. 괜찮겠냐?"

처음엔 그냥 쏘아붙이려고 했던 진유검은 주변에 있는 독고무의 수하들을 의식하곤 나름 그의 체면을 살려줬다.

"그래, 해봐."

"이번 싸움으로 천마신교는 사실상 네 손에 들어왔다. 교주를 비롯해서 측근들이 남아 있는 것 같지만 지금의 기세와 병력이라면 전혀 문제될 것이 없지. 한데 정작 중요한 문제는 교주가 아니라 너 같다."

"내가?"

독고무가 눈살을 찌푸리며 되물었다.

"그래, 하나마 묻자. 수라노괴가 이끄는 수하들, 지금 포로로 잡힌 이들, 그리고 아직도 교주를 따르고 있는 수하들은 어찌할 생각이냐?"

"어찌… 하다니?"

"다 죽일 셈이냐?"

"전혀 아니다."

독고무가 신경질적으로 소리쳤다.

"그러면 배반자로 낙인찍어서 소모품처럼 부릴래?"

"그것도 아니다. 내가 그럴 사람으로 보이냐?"

"솔직히 지금은 그렇게 보인다."

"뭐야!"

독고무가 버럭 화를 냈지만 진유검은 개의치 않고 말을 이었다.

"그게 아니라면 태도를, 네 정신을 바꿔. 과거를 잊으라는 말은 하지 않겠다. 인간의 기억이라는 것이 제 마음대로 이랬다저랬다 할 수 있는 것이 아니니까. 하지만 묻을 수 있다면 묻어야 된다고 본다. 저들을 예로 들어볼까?"

진유검이 누구보다 앞장서 싸웠기에 부상에 신음하고 있는 이들과 자신 역시 심각한 부상을 당했으면서도 수하들을 위로하고 있는 수라노괴를 가리켰다.

"과거의 잘못을 용서받기 위해 그 누구보다 열심히 싸웠다. 너를 위해, 천마신교를 위해. 고루마종도 마찬가지야. 끝까지 네게 굽히지는 않았지만 결과적으로 너와 천마신교를 위해 죽을힘을 다해 싸웠지. 그런데 네 마음은 어떠냐? 여전히 고루마종의 진의를 의심하고 있고 최선을 다해 싸운 수라노괴와 그의 수하들을, 아니, 이제는 네 수하다. 한데 그런 이들을 박대하고 있다. 아니라고 하지 마라. 그렇게 보이니까."

진유검은 뭐라 변명을 하려던 독고무의 입을 막아버렸다.

"교주를 쓰러뜨린 다음엔 어찌할 거냐? 아무것도 모른 채 그를 따르고 명을 받았던 이들을 배반자라 하여 괄시하고 의심하고 무시할 생각이냐?"

"……."

"과거는 과거일 뿐이다. 그리고 루외루의 계략에 넘어가 잘못을 저지른 자들 역시 과거의 사람들이고. 그들 역시 대부분 정리가 되었거나 진심으로 참회하고 있다. 물론 아닌 사람도 있겠지. 하지만 그런 자들 몇 때문에 진심을 보이는 이들까지 매도해선 안 된다고 본다."

"미꾸라지 몇 마리로 인해 연못은 흙탕물로 변하지."

독고무가 억지로 짜내듯 말했다.

"그 흙탕물을 정화하는 것이 바로 네 몫이다. 다른 누구도 아니야. 천마신교의 교주로서 네가 해야 할 일이란 말이다. 과거의 잘못으로 인해 두려워하고 공포에 질려 있는 자들은 물론이고 흙탕물을 일으키는 자들까지 진심으로 너를 따르게 만들어야지. 그래야 비로소 천마신교의 진정한 주인이라고 할 수 있는 거 아니냐? 이대로 교주의 목을 날려버린다고 천마신교의 교주가 되는 것은 아니라고 본다. 그저 반쪽짜리 교주일 뿐이지."

작심하고 말을 꺼낸 진유검은 독고무를 매섭게 몰아쳤다.

복천회의 수뇌들은 혹여 둘의 감정이 너무 격화되는 것은 아닌가 걱정하는 눈빛으로 바라보았지만 전풍만은 진유검의 말 사이사이에 추임새를 넣어가며 독고무의 속을 긁어놨다.

"지금 당장 어쩌라는 건 아니지만 변해야 하는 것은 분명하다. 이런 식은 아니야."

"알… 았다."

독고무가 한참을 망설이며 고개를 끄덕였다.

"자, 심각한 얘기는 그만하고 잠시 가자. 소개해 줄 사람들이 있다."

"고루마종과 함께 싸웠다는 사람들?"

"그래, 함께 오자고 했는데 아무래도 껄끄러웠는지 사양을 하더라. 사실 그들이 개입하는 것도 이상하기는 하고."
"가자. 큰 도움을 받았으니 마땅히 인사를 해야지."
곤란한 이야기를 피할 수 있어서 그런지 독고무의 표정이 한층 밝아졌다.

43장

접촉(接觸)

힘없이 앉아 머리카락을 부여잡고 한참 동안이나 침묵을 지키던 초진악이 천천히 고개를 들었다.

"어디까지 왔다고 하더냐?"

"이각 이내로 이곳으로 들이닥칠 것 같습니다."

호법 개엄이 침중한 얼굴로 답했다.

삼선정에서 초진악이 보낸 주력을 격파하고 마지막 공격을 앞둔 시점에서 복천회에선 루외루와 초진악의 관계를 비롯하여 혁리건, 추융 등 루외루와 관련이 있거나 천마신교를 배반한 이들에 대한 사실을 천마신교 내부에 풀었다.

처음엔 단순한 이간질, 잘못된 정보라고 판단하던 이들은 그 사실을 전해오는 이들의 면면을 확인하곤 심각한 고민에 빠지기 시작했다.

그런 상황에서 그동안 축융과 그의 수족들에 의해 의도적으로 배제되었던 몇몇 흑무의 요원들은 축융의 집무실에서 그가 루외루와 연결된 결정적인 증거를 찾아냈고 더불어 그들이 직접 삼선정에서 보고 들은 이야기를 동료들에게 전했다.

그 결과 현 수뇌부에 크나큰 배신감을 느낀 천마신교 제자들이 대거 이탈하기 시작했고 사태의 추이를 심각하게 지켜보던 나머지 장로, 호법들까지 초진악에게 등을 돌렸으니 넓디넓은 일월루에서 초진악의 질문에 대답을 해줄 수 있는 사람은 개엄만이 유일했다.

"이각? 하면 코앞까지 도달했다는 말이군."

초진악의 입에서 헛웃음만 흘러나왔다.

"군사의 행방은 찾았느냐?"

"찾지 못했습니다. 아마도 그들과 움직이지 않았겠습니까?"

개엄이 살기 어린 눈빛으로 대답했다.

"그렇군. 역시 그랬던 것이야."

다른 사람은 몰라도 마지막까지 혁리건을 믿고 있던 초

진악의 입가에 처연한 미소가 지어졌다.

"대항은 부질없는 짓이겠지?"

"……."

개엄은 차마 대답하지 못했다.

"남아 있는 병력은 얼마나 되느냐?"

"십만대산에서 돌아온 유마대는 아직 움직일 수 있습니다. 그리고 본교 최강의 정예인 천궁수호대가 남아 있습니다."

"유마대가? 의외로군. 아, 유마대주가 중옥이던가?"

유마대주가 조카 초중옥임을 상기한 초진악이 씁쓸히 웃으며 물었다.

"예, 그렇습니다."

"그래도 핏줄이라고 의리를 지키는군."

"천궁수호대도 있습니다. 비록 인원은 얼마 되지 않지만 그들의 힘이라면 포위망을 뚫고 빠져나가는 네 문제는 없을 것입니다."

개엄이 시간이 없다는 듯 빠르게 말했다.

"본좌에게 도망을 치라는 말이냐?"

"훗… 날을 도모해야 하지 않겠습니까?"

개엄의 말에 초진악이 피식 웃으며 말했다.

"본좌가 주군을 배반했다는 것을, 천마신교를 배반했다

는 것을 천하가 다 안다. 그리곤 처참하게 버려졌다는 것까지도. 어디로 갈 것이며 간다 해도 네 말처럼 훗날을 도모할 수 있다고 보느냐? 그저 구차한 삶을 연명한다고 비웃음만 살 테지."

초진악의 말에 딱히 반박할 말이 없던 개엄은 침묵으로 그의 말에 동의했다.

"하지만……."

초진악의 눈빛과 음성이 갑자기 변했다.

"이대로는 못 죽겠다."

개엄이 놀란 눈을 깜빡이며 초진악을 응시했다.

"이대로는 억울해서 못 죽겠단 말이다. 실컷 이용만 해먹고 헌신짝 버리듯 버린 루외루 놈들에게 복수를 하기 전까지는 절대로 죽을 수 없다. 암, 절대로 그럴 순 없지."

명분은 그럴듯했지만 그것이 한낱 핑계라는 것을, 그저 목숨이 아까워 도망치려 한다는 것은 말을 하는 초진악은 물론이고 듣고 있는 개엄도 알고 있었다.

개엄은 갑자기 돌변한 초진악의 행동에 어찌 반응해야 할지 판단하지 못했다.

초진악은 그런 개엄의 반응에 아랑곳없이 고개를 돌렸다.

"갈총."

"예, 교주님."

한쪽에서 묵묵히 자리를 지키고 있던 천궁수호대주 갈총이 허리를 꺾었다.

"개엄 말대로 아직은 포위망이 제대로 갖춰지지 않았을 것이다. 지금 아니면 기회가 없다. 활로를 찾아라."

"존명!"

초진악이 개엄에게 고개를 홱 돌렸다.

"유마대가 아직 남아 있다고 했느냐?"

"그, 그렇습니다."

"좋아. 유마대의 임무는 본좌를 추격하는 놈들을 막는 것이다. 계획을 발설하진 말고 본좌가 빠져나간 길에 배치해서 자연스럽게 시간을 끌도록 만들어."

"하, 하지만 유마대만으론……."

"어차피 다 살아갈 순 없다. 누군가는 희생을 해야지."

개엄이 초진악의 냉정한 말에 한기를 느끼며 몸을 부르르 떨 때 어딘가에서 거대한 함성이 들려왔다.

복천회가 그들이 예상한 시간보다 더 빨리 들이친 것이다.

"빌어먹을 벌써!"

자리에서 벌떡 일어나는 초진악의 얼굴엔 다급함이 가득했다.

"천마교주입니다."

문청공이 다급히 이동하는 한 무리를 가리키며 소리쳤다.

"확실한 겁니까?"

진유검이 물었다.

"예, 과거 먼발치에서 한 번 본 것이 전부이나 그의 생김새나 분위기는 정확히 기억하고 있습니다. 가운데의 저 늙은이가 천마교주 초진악이 틀림없습니다."

"나 이거야 원! 정말 어이가 없으려니. 뭐, 저런 늙은이가 있답니까?"

전풍은 허겁지겁 빠져나가는 무리에 초진악이 포함되어 있음을 알고는 기가 막히다는 표정을 지었다.

"복천회의 포위망을 뚫은 모양인데요. 이렇게 되면 할 수 없이 개입해야 하는 것 아닙니까?"

곽종이 명만 떨어지면 곧바로 공격하겠다는 듯 어깨를 들썩이며 물었다.

"쯧쯧, 썩어도 준치라는 말도 모르느냐? 지금이야 비루먹은 강아지마냥 쫓기는 신세지만 명색이 천마신교의 교주였다. 네 상대는 아니야."

조단이 곽종의 어깨를 잡으며 말했다.

"설사 가능하다고 해도 우리가 나설 일은 아니지."

문청공도 고개를 저었다.

"아무리 그렇다고 저리 도망치는 것을 방관할 수는 없지 않습니까?"

곽종이 답답하다는 듯 가슴을 치자 전풍이 눈을 부릅뜨며 소리쳤다.

"그걸 지금 말이라고 하쇼. 당연히 막아야지. 일단 어떤 낯짝을 하고 있는지 보고 오겠소."

"잠깐."

진유검이 막 몸을 날리려던 전풍의 팔을 잡았다.

"움직일 수 있겠냐?"

"그걸 질문이라고… 윽!"

전풍의 얼굴이 확 일그러졌다.

진유검이 화살에 당한 상처를 슬쩍 건드렸기 때문이었다.

"버거울 것 같은데?"

"상처를 건드렸으니 당연한 것 아닙니까?"

전풍이 오만상을 찌푸리며 반발했지만 그의 어깨를 가볍게 누른 진유검의 몸은 이미 초진악을 향해 움직이고 있었다.

전풍만은 못해도 진유검의 경공 또한 남들이 보기엔 가

공할 정도로 빠른 속도인지라 백여 장이 넘는 거리를 눈 깜짝할 사이에 따라잡았다.

후미에서 진유검의 접근을 파악한 천궁수호대가 괴성을 질러대며 필사적으로 막으려 했으나 그 어떤 공격도 진유검의 옷깃 하나 스치지 못했다.

천궁수호대의 방어막을 간단히 뚫고 초진악의 앞을 막아선 진유검이 여유롭게 웃으며 말했다.

"마무리를 지어야 할 사람이 이렇게 꽁무니를 빼며 안 되는 것 아니오?"

"누구냐, 네놈은?"

초진악의 물음에 진유검이 어깨를 으쓱거렸다.

"그냥 이 싸움에 관심이 조금 있는 사람이오만."

"복천회와 연관이 있는 것이냐?"

초진악이 스산한 살기를 뿌리며 물었다.

"아주 없다고는 할 수 없으니 뭐, 그렇다고 해둡시다."

"음."

자신이 뿜어내는 살기를 아무렇지도 않게 받아내는 진유검을 보며 초진악의 등줄기엔 식은땀이 흘러내렸다.

고수는 고수를 알아보는 법.

초진악은 능글맞게 웃는 진유검이 자신을 능가하는 고수라는 것을 직감했다.

저절로 한 사람이 떠올랐다.

"네가 수호령주냐?"

"천하의 천마교주께서 알아봐 주시다니 영광이오."

진유검이 약간은 과장된 자세로 포권을 취했다.

그 모든 행동이 자신을 농락하기 위함이란 생각을 한 것인지 초진악의 얼굴이 벌겋게 달아올랐다.

"저희가 막겠습니다. 교주님께선 가시던 길을 가시지요."

천궁수호대주 갈총이 몇 남지 않은 수하에게 손짓하며 앞으로 나섰다.

오직 교주만을 위해 죽고 사는 천궁수호대의 대주답게 그의 무공은 천마신교에서도 손꼽힐 정도로 뛰어났다.

갈총은 상대가 누구라고 하더라도, 설사 근래 들어 무림에 명성을 떨치는 수호령주라 하더라도 자신과 수하들의 능력이라면 쉽게 패하지 않을 자신이 있었다.

이기지는 못하더라도 최소한 초진악이 도주하는 데 충분한 시간을 벌어줄 수 있다고 여겼다.

그런 자신감이 깨지는 것은 순식간이었다.

초진악을 앞에 두고 천궁수호대와 드잡이질을 할 생각이 전혀 없었던 진유검은 갈총이 앞에 나서는 것과 동시에 손을 썼다.

팡! 팡! 팡!

화려하게 펼쳐진 연화장이 갈총을 압박했다.

기세 좋게 앞으로 나섰던 갈총은 진유검의 공격에 당황한 기색이 역력했다.

진유검이 그렇게 급작스레 선공을 할 줄은 생각지 못한데다가 갑작스런 공격치고는 그 위력이 너무도 막강했기 때문이었다.

급한 대로 왼손을 뻗었으나 그대로 팔이 부러져 버렸고 이후엔 검을 이용해 공격을 막아냈지만 충돌의 여파가 전신을 흔들었다.

갈총을 돕기 위해 나선 수하들은 단 일 장도 받아내지 못하고 허무하게 쓰러졌다.

서너 호흡이 지나기도 전, 멀쩡히 서 있는 천궁수호대원들은 아무도 없었다.

오직 갈총만이 부러진 왼팔을 축 늘어뜨린 채 초진악 앞에서 위태롭게 서 있을 뿐이었다.

오른쪽 손에 든 검은 어느새 반 토막이 난 상태였다.

"비켜라."

수하들의 희생을 보면서도 고마워하기는커녕 초진악은 신경질적으로 소리쳤다.

"교, 교주님 어째서……."

거친 숨을 내뱉던 갈총은 갑자기 들려온 초진악의 목소리에 암담한 표정을 짓고 말았다.

갈총은 초진악이 어째서 그와 수하들의 희생으로 얻어낸 귀중한 시간을 헛되이 허비한 것인지 이해를 하지 못한 채 가슴 어귀에 작렬한 연화장으로 인해 정신을 잃었다.

초진악은 힘없이 쓰러진 갈총에겐 시선조차 주지 않고 지그시 입술을 깨물며 진유검을 노려 보았다.

헛되이 시간을 보냈다는 갈총의 생각과는 달리 누구보다 자신의 목숨에 애착이 강한 초진악은 진유검이 갈총을 공격하는 것과 동시에 몸을 빼려 했다.

하지만 그럴 수가 없었다.

진유검과 함께 움직이던 천강십이좌나 전풍의 견제 때문은 아니었다.

갈총과 천궁수호대를 공격하면서도 진유검의 시선은 초진악에게 고정되어 있었다.

진유검의 서늘한 눈빛과 마주친 초진악은 마치 거대한 그물에라도 걸린 듯 옴짝달싹하지 못했다.

전신을 옭아매는 진유검의 기세를 이겨내기 위해 필사적으로 애썼지만 발걸음을 움직일 때마다 섬뜩하게 밀려드는 기운에 결국 한 발자국노 움직이지 못한 것이다.

"확실히 영악한 늙은일세. 여우가 따로 없어. 도망을 쳐으면 어찌 될지 정확하게 눈치를 채다니. 어지간하면 뒤도 안돌아보고 내뺐을 텐데 말이야."

전풍이 자리를 지키고 있는 초진악을 조롱했다.

"뭐, 그러니까 루외루와 손을 잡고 천마신교를 꿀꺽한 것이겠지."

곽종이 맞장구를 쳤다.

"하지만 실수한 거야, 늙은 여우. 차라리 주군 손에 죽는 것을 택했어야 했어."

전풍이 짐짓 안타깝다는 듯 혀를 찼다. 그리곤 왼쪽을 향해 턱짓을 했다.

"저 인간에게 걸리면 정말 뼈도 못 추릴 텐데 말이야."

초진악의 고개가 자신도 모르게 전풍을 따라 움직였다.

저 멀리 누군가 달려오고 있었다.

달려오는 속도가 어찌나 빠르던지 눈 깜빡할 사이에 지척에 이르렀다.

초진악은 그가 도착하기도 전에 이미 정체를 파악했다.

진유검을 제외한 지금 그저 모습을 드러낸 것만으로도 압도적인 존재감을, 게다가 자신을 향해 저토록 숨 막히는 살기를 뿜어낼 수 있는 오직 한 사람뿐이었다.

"복… 천회주로군."

독고무와 시선을 마주한 초진악이 신음하듯 내뱉었다.

잠시 동안 말없이 초진악을 노려보던 독고무가 진유검을 향해 고개를 돌렸다.

"네가 아니었으면 놓칠 뻔했다."

"운이 좋았지. 네 싸움이라 생각해서 뒤로 빠진 건데 이쪽으로 탈출할 줄은 우리도 몰랐다."

"한데 저 늙은이가 탈출할 동안 다들 뭐한 거요?"

전풍이 힐난하듯 물었다.

독고무는 전풍의 물음에 아무런 대답도 하지 않고 분노가 가득 담긴 눈길로 초진악을 쏘아보았다.

"그 어렸던 것이 많이도 컸구나."

초진악은 기세 싸움에서 밀리지 않기 위해 여유를 부렸다.

"닥… 쳐."

독고무의 눈빛에서 뿜어지는 살기에 놀란 초진악이 움찔하며 뒷걸음질을 쳤다.

"고작 이 꼴이 되려고 수하들을 미끼로 쓴 것이냐?"

독고무는 자신들이 초진악의 도주를 위한 미끼로 전락한 것을 모른 채 분전을 하다 결국 항복을 한 유마대, 유마대와는 달리 끝까지 항전하다 몰살을 당한 천궁수호대를 떠올리며 주먹을 꽉 움켜쥐었다.

초진악의 반란만 없었다면 그들 모두가 자신의 충성스런

수하가 되었을 터.

마지막 순간까지 길을 막는 천궁수호대를 직접 베었기에 마음이 더욱 아팠다.

그 아픈 마음이 거센 분노가 되어 초진악에게 향했다.

"곱게 죽이진 않는다."

한껏 살기를 끌어올린 독고무가 오직 생존 하나만을 위해 이를 악문 초진악을 향해 맹렬히 돌진했다.

*　　*　　*

"흐음."

나직한 신음과 함께 서찰을 내려놓는 공손후의 얼굴은 상당히 불쾌해 보였다.

"무슨 일이세요?"

공손유가 걱정스런 얼굴로 물었다.

"보거라."

공손유는 공손후가 건넨 서찰을 빠르게 읽어내려 갔다.

그녀는 고운 아미를 잠시 찌푸리기는 했으나 공손후와는 달리 큰 동요를 보이진 않았다.

"놀라지 않는구나."

"조금 놀라긴 했습니다만 충분히 있을 수 있는 일이었습니다."

"충분히 있을 수 있는 일이었다?"

공손후가 의외라는 얼굴로 되물었다.

"예, 수호령주와 충돌을 하며 우리는 이미 상당히 노출되어 있는 상태였습니다. 아직 온전히 정체를 드러내지 않은 저들과는 많이 다르지요."

"그렇기는 하다만 아무래도 불쾌한 기분을 지울 수는 없구나. 어째 농락당한 기분이야."

공손후의 못마땅한 시선이 비상 단주 환종에게 향했다.

"죄, 죄송합니다."

환종은 감히 고개를 들지 못했다.

그럴 만도 한 것이 수호령주와 무황성을 감시하는 일부 요원을 제외하곤 거의 모든 전력을 세외사패의 배후로 확신되는 산외산을 쫓았다.

하지만 뭔가 실마리를 잡았다 싶으면 번번이 꼬리가 잘려 좀처럼 접근을 할 수가 없었다.

그런 와중에 정확히 일각 전, 천마신교에서 암약하던 혁리건으로부터 연락이 왔다.

현재 천마신교의 상황에 대해 간결하면서도 정확한 설명이 담긴 전서였는데 문제는 전서 말미에 적힌 내용이었다.

그가 위기에 빠졌을 때 낯선 사람들에 의해 구함을 받았는데 그들이 바로 산외산의 무인들이며 만남을 원한다는 것.

죽을힘을 다해 산외산과 접촉을 시도하고 있던 환종으로선 그야말로 날벼락과 같은 말이었다.

무엇보다 심각한 것은 루외루에선 산외산의 꼬리조차 제대로 찾지 못했는데 산외산에선 루외루의 움직임을 제대로 파악하고 있다는 것이었다.

물론 공손유의 말대로 세외사패를 앞세운 산외산에 비해 수호령주와 직접적으로 충돌을 한 루외루가 대외적으로 많은 노출이 있기에 가능한 일이라 할 수 있었지만 그것이 루외루의 정보를 관장하는 비상의 수장으로서 책임을 면할 이유는 될 수 없었다.

노한 눈길로 환종을 바라보던 공손후가 신경질적으로 입을 열었다.

"그런 멍청한 얼굴로 있지 말고 당장 회의를 소집하여라."

"조, 존명."

환종이 엉거주춤 일어났다.

명을 받은 환종이 다급히 물러나자 공손후의 시선이 다시금 서찰을 읽고 있는 공손유에게 향했다.

"저들의 제안을 어찌 생각하느냐?"

"당연히 받아들여야 한다고 봅니다."

"우리가 원한 것이긴 하지만 지금껏 모른 척했던 놈들이다. 이제와서 만남을 원한다는 것이 영 꺼림칙해."

고개를 설레설레 저으며 내키지 않는 표정을 짓고는 있었지만 차분히 가라앉은 공손후의 눈빛은 마치 공손유가 어떤 대답을 할지 시험을 하는 것 같았다.

"저들이 혁리건을 통해 연락해 왔음을 감안하면 꼭 그렇게 생각하실 일만은 아닙니다."

"어째서?"

"서찰의 내용을 살펴보면 그들 역시 수호령주의 존재를 의식하고 있었습니다. 나름 조사를 하는 듯했고요. 그런 상황에서 위기에 빠진 혁리건을 구하고 지금껏 피해왔던 우리와의 만남을 저쪽에서 오히려 요청했다는 것은 한 가지 이유뿐이라 봅니다."

"무엇이냐?"

공손후가 팔짱을 끼며 물었다.

"저들 또한 수호령주에 대한 위기감을 느낀 것입니다. 우리와 마찬가지로."

공손유의 단언에 공손후의 입가에 살짝 미소가 지어졌다.

"위기감까지는 모르겠으나 분명 걸림돌이란 생각은 하는

것 같다. 그렇다고 이유가 그것 하나뿐은 아닐 것이야."

공손후가 천천히 일어났다.

"아무튼 여러 의견을 더 들어보자꾸나. 무슨 얘기들을 하는지 말이다."

"예."

탁자 위에 놓인 서찰을 조심스레 챙긴 공손유가 회의실로 향하는 공손후의 뒤를 조용히 따랐다.

공손규가 회의장에 나타나자 잡담을 나누고 있던 모든 이가 자리에서 일어났다.

"어서 오십시오, 숙부님."

상석에 앉아 있던 공손후도 허리를 숙이며 예를 표했다.

"얘기는 대충 들었네. 산외산에서 연락이 왔다던데 사실인가?"

자리에 앉기도 전에 던지는 공손규의 질문에 공손무가 고개를 끄덕였다.

"그렇습니다. 천마신교에 나가 있는 혁리건을 통해 정식으로 요청을 해왔습니다."

"괘씸한 놈들이군. 혁리건을 찾아갈 정도라면 그동안 우리의 움직임을 모르지 않았을 터인데."

공손규가 이맛살을 찌푸리자 공손창이 기다렸다는 듯 목

청을 높였다.

"비상에선 대체 지금껏 무엇을 하고 있었단 말이냐?"

"소, 송구합니다."

입이 열 개라도 할 말이 없었던 환종은 연신 고개를 조아렸다.

"이게 송구하다는 말로 끝날 일이더냐? 놈들이 천마신교에 있던 혁리건을 파악하고 있을 정도인데 우리가 놈들에 대해 아는 것은 고작 세외사패의 배후라는 것뿐이다. 그 또한 확실한 것이 아니고 추측일 뿐이고."

공손창이 쫙 찢어진 눈으로 환종을 노려보았다.

"이런 한심한 정보력으로 어찌 무황성과 산외산을 넘는단 말이냐?"

"죄, 죄송합니다."

환종을 신랄하게 꾸짖던 공손창이 공손후를 향해 고개를 돌렸다.

"루외루의 모든 정보를 관장하는 수장일세. 환종이 지금껏 애쓴 것까지 부정하는 것은 아니나 결과가 이리된 이상 책임을 물어야 한다고 보네."

공손창은 자신의 의견을 지지해 달라는 눈빛을 사방에 뿌렸다.

하지만 누구 하나 쉽게 입을 열어 동의를 표하지 않았다.

환종이 공손후의 최측근인데다가 공손후가 입을 다물고 있는 상황에서 괜히 나섰다가 입장만 곤란하게 되리라는 생각 때문이었다.

"어떻게 책임을 묻다는 말씀입니까?"

보다 못한 공손무가 물었다.

"당연히 물러나야지."

"물러나면 누가 비상을 이끈답니까?"

"그거야 논의를 하면 될 것 아닌가?"

공손창은 쓸데없는 질문을 한다는 듯 신경질을 부렸다.

공손무의 입에서 절로 한숨이 흘러나왔다.

"너무 쉽게 생각하는군요. 정보조직의 수장은 아무나 할 수 있는 자리가 아닙니다, 형님."

"맞는 말이네. 그리고 노출되어 있는 우리와 그들을 비교하는 것도 무리긴 하지. 물론 앞으론 이런 치욕적인 일이 없도록 분발을 해야 하겠지만."

공손규가 공손무의 말에 힘을 실어주었다.

곳곳에서 동조하는 의견들이 흘러나오고 분위기가 자신의 의도대로 흘러가지 않자 공손창은 거칠게 콧김을 내뿜으며 한 걸음 물러났다.

"운이 좋군. 원로님께 감사해라. 기회를 주는 것은 이번 한 번뿐이다."

공손후의 엄중한 경고에 환종이 머리를 조아렸다.

"명심하겠습니다."

"자, 질책은 이쯤이면 충분한 것 같으니 이제 저들의 제안을 어찌해야 할지 판단해야 할 것 같네. 어찌할 생각인가, 루주?"

공손규의 물음에 공손후가 역으로 되물었다.

"어찌해야 한다고 보십니까?"

"모양새가 우습게 되기는 하였으나 애당초 우리가 저들을 찾은 이유를 생각해 보면 당연히 만나야 된다고 보네만."

조유유가 얼른 맞장구를 쳤다.

"맞습니다. 지금 시점에서 누가 먼저 제안을 했느냐는 중요한 것이 아니라고 봅니다."

"하지만 시기가 너무 좋지 않네. 의도도 불순하고."

갈천상이 탁한 음성으로 우려를 나타냈다.

"의도가 불순하다니?"

조유유가 고개를 갸웃거렸다.

"우리가 자신들을 찾는다는 것을 알면서도 굳이 혁리건을 선택했다는 것이 마음에 들지 않는다는 말이네. 그들이 혁리건을 구한 순간은 의협진가에 이어 두 번째 실패를 맛보는 순간이었네. 다시 말해 우리가 가장 약세인 기회를 잡아 만남을 청한 것이란 말이지."

"음, 그리 생각할 수도 있게군."

조유유가 이해했다는 얼굴로 고개를 끄덕였다.

회의실의 전체적인 분위기가 갈천상의 의견에 동조하는 분위기로 흘러갈 때 공손무가 입을 열었다.

"갈 장로와 같은 생각이네만 그래도 반드시 만나야 한다고 보네."

약간은 굳은 얼굴로 이야기를 듣고 있던 공손후의 눈동자에 기광이 스쳤다.

"어째서 그렇습니까?"

"우리가 산외산의 존재를 캐려 했던 이유를 기억하는가?"

"물론입니다."

"산외산이 우리에게 먼저 연락을 취한 것도 같은 이유라 보기 때문일세. 지금에서야 모습을 드러냈지만 산외산 또한 우리처럼 암중에서 많은 것을 이뤄냈을 걸세. 세외사패를 손에 넣은 것처럼 수많은 세력이나 문파가 이미 저들의 손아귀에 들어가 있겠지. 하오문만 보더라도 혁리건의 전서에 의하면 그들과 모종의 연관이 있는 것으로 확인이 되었네."

"하오문은 정보를 취급하는 곳이 아닌가? 못 만날 이유가 없지."

공손창은 여전히 부정적이었다.

"형님의 말씀대로 하오문의 특성상 단순한 정보의 거래일 수도 있겠지만 그들과 접촉한 사람은 하오문주였습니다. 하오문주가 그런 단순한 정보의 거래에 직접 나선다는 것은 있을 수 없는 일. 그것을 감안하면 그리 쉽게 생각할 문제는 아닙니다."

공손무의 반박에 공손창은 대꾸를 하지 못했다.

"어쨌든 오랜 시간 많은 준비를 하였을 것이고 세외사패를 움직이는 것으로 무림제패를 위한 본격적으로 시작하였을 것이네. 그런데 여기서 두 개의 변수가 생기고 말았네. 그들로선 전혀 생각하지도 못한."

"수호령주와 우리 루외루의 존재 말이군요."

공손후가 말했다.

"맞네. 이찌면 우리의 존재는 의식하고 있었을지도 모르지. 우리가 그들을 의식하고 있었던 것처럼. 하지만 수호령주의 존재는 정말 예상치 못했을 것이야."

공손무의 말에 모두가 동의한다는 듯 고개를 끄덕였다.

"저들도 고민에 빠졌을 것이네. 두 가지 변수를 무시하고 무황성과 싸워야 하는지 아니면 다른 방법을 강구해야 하는지. 우리가 그랬던 것처럼 저마다 많은 얘기를 나누었겠지. 그리고 우리에게 만남을 제의한 것을 보아 아마도 결론이 내려진 것으로 보이는군. 그 결론을 내리는 데 우리가 지닌 힘보다는 지금껏 보여준 수호령주의 활약이 보다 큰 영향을 끼친 것 같아 씁쓸하기는 해도 말일세."

"천마신교가 무너진 시점에서 저런 제안을 해온 것을 보면 아무래도 그런 것 같군요."

공손후가 쓴웃음을 지으며 말했다.

지금껏 수호령주에게 당한 피해를 떠올리자 괜스레 가슴이 쓰렸다.

"하지만 놈들이 정말 그런 의도로 우리를 만나려고 하는지는 의심해 봐야 하는 것 아닌가. 단순한 염탐일 수도 있다고 보는데."

공손창의 지적에 공손무는 부인하지 않았다.

"맞습니다. 정해진 것은 아무것도 없지요. 그래서 더욱 만나봐야 하는 것입니다. 저들의 의도를 알기 위해서라도."

"듣자니 저쪽에선 전권을 위임받은 자가 온다고 하는 것 같은데 맞는가?"

공손규의 물었다.

"맞습니다. 확실한 것인지는 모르겠지만 일단 전권을 위임받은 자가 온다고 하였습니다."

“이쪽에서도 수준을 맞춰야 하겠군.”

공손규가 공손후에게 시선을 돌렸다.

“그렇다고 루주가 직접 나서는 것은 격에 떨어질 것이고.”

“그리 생각합니다.”

“생각해 둔 사람이라도 있는가?”

“숙부님께서 나서 주시겠습니까?”

공손후가 조심스레 청했다.

“믿어주는 것은 고마운 일이나 전권을 위임받고 온 사자라면 실로 만만치 않은 자일 터. 그들과 신경전을 벌이기엔 이 숙부는 너무 늙었다네.”

공손규는 에둘러 공손후의 청을 거절했다.

“하면 누가 좋겠습니까? 말씀하신 대로 만만한 자리가 아닐 것입니다.”

“루주의 생각하기엔 누가 적인자일 것 같은가?”

공손규의 말이 끝나기가 무섭게 회의실에 모인 이들의 눈이 반짝반짝 빛나기 시작했다.

저마다 자신을 지목해 달라는 듯 자신만만한 얼굴로 공손후의 얼굴을 응시했다.

그들의 반응과는 별개로 서로의 의견을 주거니 받거니 했던 공손후와 공손규는 이미 한마음이었다.

"저 아이는 어떻습니까?"

공손후가 말석에 조용히 앉아 있는 공손유를 가리켰다.

순간, 회의실에 경악으로 가득 찬 정적이 찾아들었다.

"유아를? 지금 진심으로 하는 말인가?"

공손규가 짐짓 놀란 표정을 지으며 물었다.

"다들 아시다시피 유아는 제가 폐관수련 동안 루외루를 훌륭하게 이끌었습니다. 저를 대신하여 나서는 자리에 저 아이만큼 적임자는 없다고 생각되는군요."

"불가하네!"

공손창이 벌떡 일어나며 소리쳤다.

"어째서 불가한 것입니까?"

공손후가 조용히 물었다.

그와 눈빛을 마주친 공손창이 움찔하기는 하였으나 이내 목청을 높였다.

"그때와 지금은 상황이 전혀 다르지 않는가? 루주가 폐관수련을 할 때는 비교적 평화로운 시기였네. 하지만 지금은 한 치 앞도 분간하기 힘든 난세일세. 게다가 산외산이라면 장차 무림의 패권을 놓고 자웅을 겨뤄야 하는 상대. 형님께서 말씀하신 대로 엄청난 신경전이 오갈 텐데 저 아이가 그것을 감당할 수 있다고 보는가?"

공손창의 질책 어린 말을 일체의 표정변화 없이 듣고 있던 공손후가 약간은 상기된 얼굴로 앉아 있는 공손유에게 물었다.

"감당할 수 없느냐?"

"최선을 다할 뿐입니다."

직접적인 대답은 아니나 모두의 귀에는 자신 있다는 말처럼 들렸다.

그것이 못마땅한 공손창이 다시금 입을 열려할 때 공손규가 선수를 쳤다.

"루주의 말에도 일리가 있군. 지난 몇 년간 루주를 대신해 본 루의 대소사를 결정한 경험이라면 충분히 잘해낼 것이라 믿네."

순간, 회의실에 묘한 기류가 흐르기 시작했다.

특히 몇몇 사람은 당혹한 기색이 역력했다.

그들은 공손후와 공손규가 입을 맞췄다는 것을, 사실상 후계자 자리에서 물러난 공손근을 대신해 공손유를 새로운 후계자로 세우려 한다는 것을 눈치챈 것이다.

"허허! 루주님과 원로님의 말씀엔 충분히 동의를 하지만 그래도 걱정되는 것은 어쩔 수가 없습니다. 유아가 총령으로서 충분한 경험은 했을지라도 연륜 면에선 아직 많이 부족합니다. 노회한 상대의 술수를 파악하고 잘 대처를 할 수 있을지 걱정이군요."

장로 유운곤(劉雲鯤)의 말에 평소 앙숙관계라 할 수 있는 공손창의 안색이 환해졌다.

루외루에서 공손일가를 제외하곤 가장 강력한 발언권을 지니고 있는 그의 말이라면 공손후도 함부로 무시할 수 없다는 생각 때문이었다.

"그렇지요. 확실히 연륜은 부족합니다. 하나, 그 부족한 연륜은 당숙께서 채워주실 겁니다."

공손후의 고개가 공손무에게 향했다.

공손무는 갑작스럽게 자신이 거론되자 조금 당황한 듯 보였으나 이내 평정심을 되찾았다.

"노부가 나설 기회나 있을지 모르겠군."

공손무가 너털웃음을 터뜨리자 공손창과 유운곤의 얼굴이 일그러졌다.

그들은 공손무의 대답을 공손규에 이어 그까지 공손유를 후계자로 밀겠다는 의도를 보여준 것이라 판단했다.

"큰 이견이 없다면 저를 대신해 유아를 내보내는 것으로 결정하겠습니다."

공손후의 선언에 다들 침묵을 지켰다.

루외루에서 최고의 지낭이라 할 수 있는 공손무가 공손유를 돕기로 한 이상 큰 문제가 없으리라 판단했다.

하지만 모두가 그런 것은 아니었다.

"자고로 큰 권한에 책임이 따르는 것. 일이 틀어지거나 큰 실수가 있을 땐 어찌할 생각인가?"

후계자 자리에 미련을 버리지 못한 공손창이 공손후를 향해 정면으로 도발했다.

"츱, 무슨 말을 그리하는가? 일이 틀어지다니! 마치 그렇게 되기를 바라는 사람 같군."

공손규가 못마땅한 얼굴로 역정을 냈다.

"그럴 리가요. 제 말은 다만 루주를 대신해서 그만한 자리에 나섰다면 누구라도 납득할 수 있는 성과를 내야 한다는 것입니다. 안 그런가, 유 장로?"

유운곤의 볼살이 씰룩였다.

그 역시 후계자 자리를 노리고 있는 터.

자신을 걸고 넘어가는 것이 마뜩치는 않았으나 지금은 반목할 때가 아니라 합심을 할 때였기에 공손창의 말에 맞장구를 쳤다.

"명색이 산외산의 사자들입니다. 최소한 그만한 부담, 각오는 가지고 나서야 하겠지요."

공손창과 유운곤이 공조하여 반박하자 공손규도 딱히 대답할 말이 없었다.

공손규가 곤란한 표정을 짓자 공손후가 나섰다.

"납득할 수 있는 성과라니 어렵군요. 아무튼 좋습니다.

만약 저 아이가 모두가 납득할 수 있는 성과를 얻지 못했을 땐 어떤 책임을 져야 하는 것입니까?"

공손창과 유운곤은 서로의 얼굴을 힐끗거리면서도 쉽게 대답을 하지 못했다.

"무슨 처벌을 원하는지 물었습니다."

공손후의 음성이 조금 차가워졌다.

"처벌이라니요. 그런 뜻은 아니었습니다. 다만……."

유운곤이 말끝을 흐리자 딱딱하게 굳은 얼굴을 하고 있던 공손창이 그의 말을 이었다.

"만약 저 아이가 제대로 일을 성사시키지 못한다면 루주의 생각을 없던 것으로 해주게."

"제 생각이라니요. 어떤 생각을 말씀하시는 겁니까?"

공손후가 비릿하게 웃으며 물었다.

"돌리지 않고 단도직입적으로 말하겠네. 루주는 유아를 후계자로 삼을 생각 아닌가? 루주를 대신해 산외산 사자와 만나게 함으로써 저 아이의 입지를 공고히 하려는 의도를 가지고 있는 것이고."

공손창의 말에 회의실의 공기는 차갑게 얼어붙었다.

공손근이 폐인이 되다시피 한 이후로 후계자라는 말은 사실상 금기어가 된 상태였다.

언젠가 분명히 언급하고 결정을 내려야 할 사안이기는

하나 지금 당장은 아닌 것이다.

공손창이 설마하니 그토록 강하게 반발을 할 줄은 몰랐던 이들은 놀란 눈을 치켜뜨며 저마다 숨을 죽였다.

"하하하! 뭔가 오해를 하신 것 같습니다. 큰 녀석이 저리 된지 얼마 되지도 않았습니다. 아직 그럴 여유는 없습니다."

폭풍이 몰아치리라는 모두의 예상과는 달리 공손후의 대답은 부드럽기 그지없었다.

"하, 하면 어째서……."

당황한 공손창은 말을 잇지 못했다.

"저를 대신했던 지난날의 경험을 높이 샀다고 분명히 말씀드렸습니다. 오직 그 이유 하나뿐이었습니다. 그래도 두 분께서 그런 오해를 하셨으니 기왕 이리된 것, 이참에 유아가 후계자로서 자격이 있는지 살펴보는 것도 나쁘지는 않겠군요. 아, 하지만 저 아이가 설사 큰 실수를 한다고 해도 당숙의 말씀대로 응할 수는 없을 것 같습니다. 애당초 그런 의도를 가지고 저를 대신하라는 것은 아니었고 당숙의 논리대로라면 반대로 저 아이가 모두가 납득할 수 있는 성과를 냈을 땐 당연히 후계자로 인정을 해야 하는 것이니까요. 제 말이 틀립니까?"

공손후가 환하게 웃으며 물었다.

공손창과 유운곤은 아무런 말도 하지 못했다.

부정을 할 수도 그렇다고 하지 않을 수도 없는 애매한 상황.

그저 침묵만이 최선이었다.

"그럼 유아를 루외루의 대표로 삼는 것은 허락하신 것으로 알겠습니다."

공손후의 말에 더 이상 토를 다는 사람은 없었다.

이는 곧 공손유가 루외루의 전면에 나섰음을, 가장 강력한 후계자로서 대두되었음을 의미하는 것이었다.

44장 연합(聯合)

남경 진회하(秦淮河)에서 가장 아름다운 야경을 볼 수 있다는 칠현루(七賢樓)의 오 층 누각.

늦은 밤, 난간에 비스듬히 기대어 앉아 신회하의 야경에 취해 있던 공손유가 뒤쪽에서 전해지는 인기척에 몸을 돌렸다.

환종이었다.

그의 뒤로 그녀의 안전을 책임지고 있는 고운(孤雲)이 가슴에 검을 품고 공손히 서 있었다.

"도착한 모양이군요."

"예, 지금 막 도착했습니다."

"몇이나 왔느냐?"

의자에 앉아 서책을 보던 공손무가 책장을 덮으며 물었다.

"셋입니다."

"흠, 셋이라면 혁리건을 구했다던 그들이 그대로 온 모양이구나."

"그렇습니다."

"혁리 공도 함께인가요?"

공손유가 다시 물었다.

"함께 왔습니다."

"괜찮으시던가요? 어디 상한 데가 있으시다거나……."

"포로의 신분이다 보니 다소 지쳐 보이기는 했지만 크게 문제는 없어 보였습니다."

"다행이군요. 아무튼 우선 삼 층으로 안내하세요. 접대에 소홀함이 없어야 할 것입니다. 아, 그들을 만나기 전에 혁리 공을 우선 뵈어야 할 듯싶습니다."

환종이 곤란한 표정을 지었다.

"그들이 들어주겠습니까? 어찌 보면 혁리건은 그들에겐 볼모나 마찬가지입니다."

"일단 청을 넣어보세요. 거절하면 할 수 없는 것이고요."

"알겠습니다."

대답을 한 환종이 서둘러 방을 나섰다.

환종의 예상대로 산외산의 사자들은 혁리건을 보내주지 않았다.

혁리건이 그들의 손에서 벗어난 시각은 본격적인 회담이 시작되기 직전이었다.

"공손유입니다."

공손유가 정중히 예를 표했다.

"공손무라 하오."

"환종입니다."

주인의 인사가 끝나자 객들의 인사가 이어졌다.

"관사림(關思林)입니다. 그리고 이쪽은 제 사제들로 옥광과 검유라고 하지요."

더없이 정중한 관사림과는 달리 옥광과 검유는 다소 거만한 몸짓으로 인사를 했다.

긴 탁자를 사이에 두고 루외루와 산외산을 대표하는 여섯 사람이 마주 앉았다.

기 싸움이라도 하듯 짧은 침묵이 이어졌다.

공손유가 가만히 입을 열어 침묵을 깼다.

"우선 혁리 공을 구해주신 일에 대해 깊은 감사를 드립니다."

"때마침 수호령주의 움직임을 살피던 중에 다행히도 도움을 줄 수 있었습니다. 덕분에 이런 자리까지 마련된 것이겠지요."

관사림이 가슴까지 내려온 수염을 가볍게 쓰다듬으며 말했다.

"하지만 그 오랜 세월 동안 본 루를 위해 애쓴 혁리 공께 감사의 말도 전하지 못하고 이 자리에 오게 된 것은 조금 아쉽군요."

공손유는 혁리건을 굳이 만나지 못하게 할 필요가 있었느냐고 가벼운 항의를 했다.

"그 점은 유감스럽게 생각합니다만 우리도 어쩔 수 없었습니다. 협상도 하기 전에 우리가 지닌 패를 알려줄 수는 없었으니까요. 너그럽게 이해를 해주시지요."

관사림이 부드럽게 미소 지었다.

"엄살이 심하시군요. 여러분께서 혁리 공께 중요한 정보를 노출시켰을 것 같지는 않은데 말이지요."

"함께 지낸 시간은 짧았지만 그가 얼마나 뛰어난 인물인지는 금방 알 수가 있었습니다. 그의 능력이라면 이미 우리의 성격이나 행동, 습관에 대해 어느 정도 파악을 했을 것입니다. 그리고 그런 요소들이 지닌 의미까지. 그것이 설사 중요한 정보는 아닐지라도 이런 자리에선 분명 의미가 있다고 봅니다. 아닙니까?"

관사람의 반문에 공손유는 아무런 말도 하지 못했다.

애당초 혁리건을 먼저 만나보려 한 이유가 바로 관사림이 지적한 것들 때문이었다.

공손유가 밀린다고 생각했는지 세 사람을 차분히 살피고 있던 공손무가 슬며시 끼어들었다.

"자, 어쨌든 중요한 것은 그런 사소한 일들이 아니라 루외루와 산외산이 이렇게 만났고 대화와 협상을 통해 서로에게 이득이 될 수 있는 결실을 맺는 것이라 보오."

"절대적으로 옳으신 말씀입니다."

관사림이 다소 과장된 몸짓으로 맞장구를 쳤다.

"하면 초대를 받은 입장에서 우선 몇 가지 여쭤도 되겠습니까?"

"초대는 그쪽이 한 것으로 아오만."

"그럴 리가요. 그동안 루외루의 움직임에 대해 답을 드린 것뿐입니다."

관사림의 대답에 환종의 얼굴이 살짝 일그러졌다.

비상의 모든 정보력을 동원하고도 산외산의 정체를 제대로 밝혀내지 못한 것에 다시금 속이 쓰렸다.

대답할 말을 찾지 못한 공손무가 쓰게 웃었다.

"말해보시오."

기세를 잡았다고 생각했는지 관사림이 여유로운 미소를 지으며 말했다.

"단도직입적으로 묻겠습니다. 우리를 찾으려 한 이유가 무엇입니까?"

"세외사패의 배후를 찾으려 했을 뿐이오."

"저희가 세외사패의 배후라고 확신하시는 것 같군요."

"아니오?"

의미심장한 눈길로 공손무와 공손유, 환종을 응시하던 관사림이 살짝 몸을 뒤로 누이며 말했다.

"부인하지 않겠습니다."

순간, 마주 앉은 세 사람의 입에서 나직막한 신음이 흘러나왔다.

어느 정도 확신을 가지고는 있었으나 막상 관사림의 입을 통해 정확한 사실이 드러나자 그래도 제법 충격을 받는 모습이었다.

그들의 반응을 느긋하게 즐기던 관사림이 다시 입을 열었다.

"그런데 이상한 일이지요. 루외루에서 우리를 찾은 이유가 방금 말씀하신 대로 단지 세외사패의 배후이기 때문만은 아니라는 느낌을 받았습니다. 아닌가요?"

공손무와 눈을 마주친 공손유가 고개를 끄덕였다.

"맞습니다. 확실히 해두자는 의미도 있기는 했지만 그것뿐만은 아니었습니다."

"어째서 우리를 찾으려고 하신 겁니까?"

"산외산과 같은 이유 때문입니다."

관사람의 눈빛이 살짝 굳었다.

"말장난을 하고 싶지는 않습니다만."

"말장난이라 여기시나요?"

공손유가 차분히 되물었다.

"우리가 이곳에 온 이유는 루외루가 우리를 부른 것에 대한 답이라고 말씀드렸습니다."

"솔직하지 못하시군요."

"무슨 뜻입니까?"

관사림의 눈빛이 날카롭게 빛났다.

"부름에 응답을 한 것이 아니라 응답할 필요가 있기 때문에 응한 것이지요. 제가 그 이유를 말씀드려 볼까요?"

"……."

"애당초 여러분이 무이산에 모습을 드러낸 이유는 우리를 만나기 위함이 아니었습니다. 아마도 수호령주를 관찰하기 위함이었겠지요. 그가 어떤 인물인지, 무황성을 쑥밭으로 만들고 본 루의 일까지 엉망으로 만들 정도로 대단한 인물인지, 나아가 산외산의 걸림돌이 될 만한 존재인지 직접 확인하기 위해서."

"꼭 그런 것만은 아니지만 부정하진 않겠습니다."

"보니 어떠신가요? 소문보다는 몇 배나 대단하지 않던가요? 소름 끼칠 정도로 강한 인물이지요. 솔직히 말씀드리자면 본 루에선 무황보다 훨씬 위험한 인물로 그를 주시하고 있습니다. 이유야 너무도 잘 아실 테고요."

"꽤나 많은 피해를 당했다고 들었소만."

옥광이 슬며시 끼어들어 속을 긁었다.

고운 아미를 살짝 찌푸렸지만 공손유는 그의 말을 굳이 부정하지 않았다.

"맞아요. 속된 말로 박살이 났지요. 피해가 제법 심각해요. 조금 더 말해볼까요. 우리가 산외산을 찾는다고 해도 원래는 지금처럼 바로 협상이나 어떤 제안, 자리를 마련할 생각은 없었어요. 세외사패가 움직이기 시작한 이상 산외산 또한 반드시 수호령주와 충돌을 하게 될 것이고 우리처럼 큰 피해를 당하며 그가 얼마나 무서운 인물인지 겪기를 바랐지요. 그래야 보다 허심탄회한 대화가 가능할 테니까요. 결국 실패하고 말았네요."

공손유가 루외루의 상황과 내심을 솔직하게 드러내자 관사림도 더 이상 말을 돌리지 않았다.

"우리 또한 무이산에서 벌어진 싸움을 통해 그가 얼마나 강한 고수인지 확실하게 인지하게 되었습니다. 느끼고 계시겠지만 좌우에 있는 두 사제의 실력은 결코 만만한 수준이 아닙니다. 그런데도 감히 겨뤄볼 생각을 하지 못하고 꽁무니를 빼고 말았지요."

관사림의 말에 옥광과 검유의 얼굴이 일그러졌다.

그렇다고 부정할 수도 없었다.

진유검의 실력이 얼마나 대단한지 그들 스스로가 확실히 보고 느꼈기 때문이었다.

"정확한 판단을 하셨군요. 싸웠다면 이 자리에서 뵙지 못했을 테니까요."

"뭐요? 지금 뭐라……."

옥광이 발끈하려는 순간, 공손유의 말이 이어졌다.

"수호령주에게 목숨을 잃은 사람 중엔 제 사촌 오라비도 계셨습니다. 단언컨대 두 분에 못지않을 정도로 강하셨지요. 차기 루외루의 후계자로 거론될 정도로. 그런데 싸움 자체가 되지 않았다고 하더군요."

공손유가 사촌들의 죽음까지 거론하며 수호령주의 강함을 강조하자 흥분을 참지 못하고 벌떡 일어났던 옥광도 슬며시 자리에 앉고 말았다.

검유는 그런 옥광에게 자중하라는 눈짓을 보냈다.

"눈치 싸움은 그만하고 이쯤에서 서로의 속내를 솔직히 애기를 하는 것이 좋겠소."

공손무가 나섰다.

"경청하겠습니다."

"우리가 산외산을 찾은 것은 연합을 하기 위함이었소. 여러분께서 우리를 찾은 것 또한 연합을 원하기 때문이라고 보오만."

"그렇습니다. 많은 논의가 있어야겠지만 큰 틀에서 연합은 틀림없을 것입니다. 제가 전권을 가지고 이 자리에 나선 것도 그런 의미지요. 한데 루외루에선……."

"저 역시 전권을 위임받고 이 자리에 왔습니다."

관사림의 눈동자가 흔들리는 것을 본 공손무가 웃으며 말했다.

"이 아이가 본 루의 다음 대 주인이라 보면 될 것이오."

공손유와 환종이 당황하여 그를 바라보았다. 관사림보다 오히려 더 놀라는 눈치였다.

"다른 분들의 반응을 보니 이번 회담에 생각보다 많은 의미가 담겨 있는 것 같습니다. 어째 조금은 부담스럽군요."

관사림은 이번 회담이 공손유가 후계자로서의 능력을 시험받는 과정임을 즉시 눈치챘다.

공손유가 정색을 하며 되받아쳤다.

"다른 의미는 없습니다. 전 그저 최상의 결과를 도출할 수만 있도록 애쓸 뿐입니다."

관사림은 반짝반짝 빛나는 공손유의 눈동자를 가만히 응시했다.

차분히 가라앉은 눈동자 저 깊은 곳에서 번뜩이는 총명함이 느껴졌다.

'내가 너무 만만히 보았군.'

자신의 실수를 깨달은 관사림이 자신도 모르게 한숨을 내뱉었다.

분위기가 다소 어색해진다고 여긴 공손무가 다시 나섰다.

"연합을 한다는 가정하에 가장 먼저 해야 할 일이 무엇이라고 보시오?"

"우선 연합의 성격에 대해 명확히 해야 할 것 같습니다."

"성격이라……."

"우선 한시적인 연합이냐 그렇지 않느냐를 서로 확인해야 하지 않겠습니까?"

심기일전한 관사림이 의미심장한 눈빛으로 공손무와 공손유를 바라보았다.

"비록 한 마리의 호랑이를 몰아냈다고 해도 한 산에 두 마리의 호랑이는 존재할 수 없는 법이지요."

공손유의 대답에 관사림이 조용히 웃었다.

"한시적이라는 말이군요. 좋습니다. 우리 또한 원하던 바였습니다."

공손유와 관사림의 눈빛이 허공에서 마주쳤다.

서로에게 웃음을 보이고는 있지만 한 치의 양보도 없는 팽팽한 기운의 대치.

어쩌면 무림의 운명을 결정할 두 세력의 협상이 본격적으로 시작되는 순간이었다.

* * *

"우아아아!"

우뚝 걸음을 멈춘 전풍의 입에서 지금껏 듣지 못했던 탄성이 터져 나왔다.

며칠째 계속되는 강행군에 토해냈던 투덜거림은 연기처럼 사라진 지 오래였다.

"이런 비경이라니요! 마을 사람들 말이 과장이 아니었습니다."

전풍과 어깨를 나란히 한 곽종 또한 눈앞에 펼쳐진 광경에 입을 쩍 벌리고 말았다.

이른 새벽, 호남과 강서의 경계 정강산(井岡山) 정상에 올라선 일행을 반긴 것은 망망대해를 능가하는 거대한 운해(雲海)와 찬란한 일출(日出)이었다.

이제 막 얼굴을 내민 태양빛에 의해 운해는 붉게 물들었고 그 구름바다를 뚫고 곳곳에서 존재감을 드러낸 고봉(高峰)은 장엄하기까지 했는데 힘겹게 솟아오른 태양이 고봉에 걸리며 사방에 황금빛을 뿌려대는 광경은 그야말로 한 폭의 그림 같았다.

"황산의 일출이 천하제일경인 줄 알았는데 이곳도 그에 못지않습니다, 령주."

생각지도 못한 장소에서 그 옛날 황산 서해대협곡에서 경험했던 일출의 장엄함을 다시금 느낀 문청공의 음성은 잔잔한 감동에 젖어 있었다.

진유검이 천천히 고개를 끄덕였다.

"그러게요. 어제 낮에 보았던 두견화(杜鵑花)의 화려함도 좋았지만 확실히 마을 사람들 말대로 운해와 일출이 조합에는 미치지 못하는 것 같군요."

진유검의 말이 끝나기가 무섭게 전풍이 바닥에 털썩 주저앉으며 손짓을 했다.

"자자, 이렇게 아니라 다들 앉아보세요."

"뭘 하려고?"

곽종이 물었다.

"흐흐흐! 이런 멋들어진 광경을 그냥 지나칠 수는 없는 것 아니겠소?"

괴소를 흘린 전풍이 어깨에 메고 있던 봇짐을 풀어헤쳤다.

잠시 후, 그의 손에 대나무를 잘라 만든 술통 두 개가 들렸다.

"그게 뭐야?"

눈치 빠른 여우희가 혀를 날름거리며 다가왔다.

"뭐긴 뭐겠수. 술이지."

"세상에! 그건 또 언제 챙겼데."

여우희가 놀란 눈을 치켜뜨며 전풍 옆에 얼른 앉았다.

"아까 출발하는데 촌장이 슬쩍 챙겨줍디다. 정상에 오르면 꼭 필요할 거라고."

"호호호! 그 영감, 소싯적에 여자깨나 울렸다더니만 확실히 풍류를 알아."

여우희는 어서 술을 돌리라는 눈짓을 하며 입술을 달싹였다.

"허허! 아무리 그렇다고 해도 이 새벽부터 술이라니……."

너털웃음을 지은 천강삼좌 조단이 진유검의 눈치를 보며 슬며시 엉덩이를 들이밀었다.

"커흠, 한데 무슨 술이냐?"

"술 이름은 모르겠습니다. 어제 마을에서 맛본 그 술인 것 같은데요."

전풍이 뚜껑을 열며 코를 벌름거렸다.

알싸한 주향이 차가운 새벽 공기를 뚫고 사방으로 퍼져 나갔다.

다들 회가 동하는지 연신 침을 삼켰지만 누구 하나 술을 마시자는 말을 하지 못했다. 그저 진유검의 눈치만을 살필 뿐이었다.

피식 웃은 진유검이 뚜껑을 연 술통을 잡더니 가볍게 한 모금을 들이켰다.

"나이 드신 분의 성의를 무시해선 안 되지."

진유검이 술통을 전풍에게 건네며 말했다.

"아무렴요. 당연하지요."

헤벌쭉 웃은 전풍이 술통을 막 입에 대려는 순간, 문청공이 그의 팔을 잡았다.

"주도(酒道)에도 장유유서는 성립하는 법이다."

졸지에 술통을 빼앗긴 전풍이 입을 삐죽 내밀었다.

"술판에 무슨 장유유서까지……."

그사이에 술통은 조단의 손을 거쳐 여우희에게 향했다.

그 순간, 곽종과 전풍은 아차 싶었다.

다른 사람은 몰라도 여우희의 성격상 술통에 담긴 술은 금방 바닥을 드러낼 터였다.

그들의 예상대로 단숨에 술통을 비운 여우희가 아직 뚜껑을 따지 않은 술통에도 욕심을 부렸다.

전풍과 곽종은 필사적으로 죽통을 사수했고 덕분에 문청공과 조단 또한 몇 모금의 술을 더 마실 수 있었다.

두 병의 술통을 눈 깜짝할 사이에 비운 일행이 뒤늦게 꺼낸 안주를 씹고 있을 때 우두커니 일출을 감상하던 진유검이 몸을 돌렸다.

"영주(永州)까지 며칠 정도 걸릴 것 같나?"

모두의 시선이 간신히 술 한 모금 얻어먹고 곽종이 건네준 육포 조각을 조용히 씹고 있는 사내에게 향했다.

사내의 이름은 어조인(魚鳥鱗), 진유검 일행이 복천회와 헤어진 직후에 합류한 무황성의 정보요원이었다.

어조인이 질겅질겅 씹고 있던 육포 조각을 얼른 삼킨 후 대답했다.

"지금의 속도라면 사흘 정도면 도착할 수 있을 것입니다."

"생각보다는 멀군."

진유검의 말에 어조인은 당황한 빛으로 대답했다.

"어, 어지간한 이들도 최소한 닷새는 걸리는 거리입니다."

"그거야 어지간한 놈들이나 그런 거고. 사흘이라고 했소? 흠, 나라면 하루 반나절이면 가겠네."

전풍이 키득거리며 끼어들자 진유검이 지나가는 말로 물었다.

"그럼 가볼래?"

"……."

"가볼 거냐고?"

"죄, 죄송합니다."

기겁한 표정을 지은 전풍이 황급히 입을 틀어막았다.

"야수궁은 어디까지 북상했다고 했지?"

문청공이 물었다.

"어젯밤에 날아온 전서구에 의하면 현재 계림(桂林)까지 올라온 것으로 확인되었습니다."

문청공이 놀란 눈을 치켜떴다.

"벌써 계림까지? 십만대산에서 거리가 얼마인데. 허! 그야말로 폭풍처럼 달려온 셈이로구나."

"계림에서 영주까지의 거리는?"

진유검이 다시 물었다.

"그쪽도 사흘 정도 보시면 됩니다."

고개를 끄덕인 진유검이 문청공을 돌아보았다.

"다행히 늦지는 않을 것 같군요."

"예, 그래도 며칠은 여유가 있을 줄 알았는데 야수궁의 움직임이 너무 빨라 조금은 당황스럽습니다."

"이제부터는 그들이 더 당황하게 될 것입니다. 예상치 못한 곳에서부터 반격이 시작될 테니까요."

진유검이 의미심장한 웃음을 흘렸다.

그 웃음의 의미를 눈치챈 문청공이 조금은 걱정스러 음성으로 말했다.

"복천회가 얼마나 빨리 천마신교의 내분을 수습하는지가 관건일 것 같습니다."

"뭔 소립니까? 초진악인가 뭔가 하는 작자가 박살이 나면서 내분은 이미 수습됐잖아요."

어느새 몸을 돌린 전풍이 어이없다는 표정을 짓더니 진유검을 향해 말했다.

"지금 와서 말이지만 난 독고 형님이 그토록 무식하게 손을 쓸 줄은 몰랐습니다. 아무리 철천지원수라지만……."

전풍이 오만상을 찌푸리며 몸을 흔들자 당시의 상황을 떠올린 일행들의 낯빛도 살짝 굳었다.

초진악이 진유검에 의해 퇴로를 차단당하고 꼼짝 못하고 있을 때 등장한 독고무는 초진악을 맹렬히 몰아붙였다.

단순히 몰아붙인 정도가 아니라 전풍이 인상을 구길 정

도로 처참하게 뭉개 버렸다.

사지를 끊고 단전을 파괴했으며 비명도 제대로 지르지 못하게 혀까지 뽑아버렸다.

이후, 온몸의 살을 저미고 뼈마디를 가루로 만들어버리며 극한의 고통을 안겼다.

고통을 이기지 못한 초진악이 몇 번이나 눈을 까뒤집으며 혼절을 했지만 독고무는 그마저도 용인하지 않았다.

혼절을 할 때마다 물을 부어 강제로 정신을 차리게 한 뒤, 다시금 모진 고문을 이어갔다.

"당사자가 아닌 이상 함부로 말하지 마라."

진유검의 차가운 말투에 전풍이 움찔했다.

"어린 나이에 식솔들이 몰살을 당하고 녀석을 위해 죽어간 사람이 수백이다. 이후에도 마찬가지고. 이번 싸움에서도 얼마나 많은 사람이 죽어갔는지 생각해봐. 순리대로 흘렀으면 모두 그 녀석의 충성스런 수하들이 되었을 사람들이다. 솔직히 그들 모두의 목숨값이라고 생각하면 그 정도 고통은 아무것도 아니라고 본다. 그렇게 보내준 것만으로도 상당한 자비를 베푼 거지."

"이해하죠. 충분히 이해를 하는데 막상 그 장면을 보니 조금 그랬다는 거죠. 수하도 많은데 굳이 독고 형님이 나서서……."

전풍이 진유검의 눈치를 살피며 말끝을 흐렸다.

"그 자리에 같이 있으면서 대체 뭘 본거냐? 초진악의 숨통을 끊은 후, 녀석이 뭐라고 했는지 기억 안 나?"

"그게 그러니까……."

전풍이 뒷머리를 긁적이자 곽종이 슬며시 끼어들었다.

"초진악의 죽음과 함께 지난 과거를 모두 덮는다고 하였습니다."

"바로 그거야. 초진악 한 사람에게 모든 죄를 묻는 것으로 다른 이들의 죄까지 용서해 준 것이지. 문제는 정말 그렇게 실천을 할 수 있느냐인데 나는 녀석이 초진악에게 그토록 잔인하게 손을 쓰는 것을 보곤 조금은 안심을 했다. 녀석의 가슴에 담고 있던 온갖 살기와 증오, 원망을 쏟아내는 것처럼 보였거든."

"이 늙은이의 눈에도 그리 보였습니다. 마치 한풀이를 하는 듯하더군요."

문청공이 진유검의 말에 동의를 했다.

"녀석을 위해서도 천마신교의 미래를 위해서도 그렇게 해야만 하니까요. 본의든 그렇지 않든 초진악을 따르던 이들은 늘 불안해할 수밖에 없습니다. 그걸 확실하게 해소해 주지 못하면 이는 곧 천마신교의 위험요소로 작용을 할 것입니다. 어쩌면 제이, 제삼의 내분이 일어날 가능성도 있는 것이지요. 녀석이 마음을 다잡은 것 같아서 안심입니다."

"령주님의 진심 어린 충고가 있었다고 들었습니다."

진유검이 고개를 저었다.

"아무리 좋은 말도 듣는 사람이 제대로 받아들이지 못하면 아무런 쓸모가 없는 것입니다. 굳이 제 충고가 아니더라도 올바른 판단을 했을 것이라 믿습니다."

"어쨌든 이번 싸움에서 천마신교의 도움을 받는 것은 포기해야겠네요. 일좌 어르신 말씀대로 내분을 완전히 정리하려면 어느 정도는 시간이 걸릴 테니까요."

곽종의 말에 진유검은 또다시 고개를 저었다.

"내 예상이 맞다면 이미 상당한 병력이 십만대산으로 움직이고 있을 거다."

"예?"

곽종이 깜짝 놀라자 조단이 진유검을 대신해 입을 열었다.

"자고로 내부의 혼란을 수습하는 데 가장 좋은 방법은 외부의 힘을 이용하는 것이지. 지금이 딱 그렇다. 십만대산은 누가 뭐라고 해도 천마신교의 성지 아니겠느냐. 그런 성지가 야수궁에 짓밟히고 남아 있던 이들이 모조리 몰살을 당했으니 저들의 분노는 뭐라 말로 표현할 수 없을 터."

문청공이 말을 이었다.

“야수궁이라는 적을 함께 상대하다 보면 보이지 않는 벽도 쉽게 허물어질 것이다. 복천회주, 아니, 천마교주가 그걸 모르지는 않을 것이고.”

“그렇군요.”

곽종은 그제야 이해를 했다는 듯 크게 고개를 끄덕였다.

귀를 쫑긋거리고 있던 전풍도 마찬가지였다.

“천마신교가 령주님의 예상대로 빠르게 움직여 준다면 재밌는 싸움이 되겠군요. 야수궁으로선 앞뒤로 포위를 당하는 셈이니까요.”

여우희가 말했다.

“확실히 유리할 것입니다. 전장에서 배후를 공격당하는 것보다 뼈아픈 것은 없으니까. 하지만 아무리 빠르고 은밀히 움직인다고 해도 야수궁 정도라면 천마신교의 움직임은 이미 살피고 있을 겁니다. 분명 그에 대한 방비를 하겠지요.”

“그것만으로도 큰 도움이 되는 것입니다. 최소한 병력은 분산될 테니까요.”

진유검이 문청공의 말에 고개를 끄덕였다.

“맞습니다. 연이은 격전과 강행군으로 얼마나 많은 인원이 움직일 수 있을지는 모르겠지만 그래도 천마신교의 힘을 무시하지는 못할 것입니다."

"그렇겠지요. 어쨌든 참으로 기대가 되는군요. 무황성과 천마신교의 연합이라니요. 과거엔 가히 상상도 할 수 없는 일이었습니다."

문청공의 말에 저마다 격하게 고개를 끄덕였다.

"아참, 본격적으로 싸움이 시작되면 네가 조금 바쁘게 움직여야 할 거다."

진유검이 전풍을 돌아보며 말했다.

"예? 제가요?"

전풍이 불길한 표정으로 되물었다.

"아무래도 협력할 일이 많아질 거다. 무황성과 천마신교가 연합을 한다고 해도 제대로 정보망을 구축하고 연계를 할 때까지는 네가 애써줘야지. 단 며칠이면 충분할 테니까 그런 표정은 짓지 말고. 자, 이쯤 했으니 그만 출발을 할까?"

말을 끝낸 진유검이 자리를 털고 일어났다.

전풍은 입을 쩍 벌린 채 아무런 말도 하지 못했다.

문청공이 그런 전풍의 어깨를 두드리며 격려를 했다.

"그야말로 막중한 임무다. 오직 너만 할 수 있는."

"암, 그렇고말고."

조단이 스쳐 지나가며 맞장구를 쳤다.

"힘내."

여우희가 안쓰러운 얼굴로 위로했다.

"흐흐흐! 전서구네, 인간 전서구."

키득거리는 곽종의 말은 한 자루 비수가 되어 정강산 일출 덕에 나름 호연지기(浩然之氣)로 가득 찼던 전풍의 가슴을 마구 후벼 팠다.

*　　*　　*

"얼마 전까지만 해도 무황성은 혼란 그 자체였습니다. 수호령주가 적절한 시기에 움직여 봉합하지 않았다면 자칫 내분으로까지 이어질 가능성이 있었지요."

밤늦게 시작된 협상이 새벽까지 이어지고 있었지만 공손유의 음성과 자세는 한 치의 흐트러짐도 없었다.

"후계자 싸움을 말하는 것입니까?"

관사림이 조금 피곤한 낯빛으로 물었다.

"예, 아시고 계시겠지만 현 무황의 직계 중 차기 무황으로 삼을 정도의 인물은 남아 있지 않습니다. 능력 있는 자들은 모조리 제거를 당했지요. 그것도 가신과 우호세력의 손에 의해서. 신도세가와 이화검문이 주도적으로 나섰다가 수호령주에게 무참히 박살 났지만 사실상 무황성과 연관이 있는 거의 모든 문파와 가문이 후계자 싸움에 직접, 간접적으로 발을 담그고 있다고 해도 과언은 아닐 것입니다."

"어디나 그 후계자 자리가 문제군요."

관사림은 별 생각 없이 던진 말이었지만 공손유는 산외산에도 비슷한 문제가 있는 것은 아닌지 의심을 했다.

"권력의 힘이란 그만큼 달콤한 것이니까요."

"그래서, 공손 소저의 의중은 무엇입니까?"

"자중지란(自中之亂)을 일으키면 어떨까 싶습니다."

"자중지란이라. 가능만 하다면 그보다 좋은 방법은 없겠지요. 천마신교가 무황성과 힘을 합친다는 것이 기정사실이 된 지금 전면전은 생각보다 쉽지 않은 싸움이 될 것이고 승리를 한다고 해도 실로 막대한 피해가 예상되니까요. 문제는 어떻게 자중지란을 일으킬 수 있느냐는 것입니다."

"그래서 조금은 아쉽더군요. 수호령주가 나선다고 해도 무황성의 후계자 싸움은 쉽게 진정될 수 없었습니다. 저들이 그렇게 진정시키려고 해도 우리가 그렇게 놔두지 않았을 테니까요. 하지만 세외사패가 움직이면서 후계자 문제는 완전히 묻히고 말았습니다."

"허허! 죄송합니다. 이거 본의 아니게 폐를 끼치게 되었군요. 사실 우리도 의도한 바는 아니었습니다. 아직 완벽한 준비가 갖춰진 것이 아니었는데……."

관사림은 말을 아꼈지만 그의 음성에 담긴 은은한 분노를 느낀 공손유는 조금 전, 산외산 내부에도 문제가 있을지도 모른다는 의심을 확신으로 바꾸었다.

"죄송할 것은 없습니다. 꺼진 불이야 다시 지피면 되니까요."

"좋은 방법이라도 있는 것입니까?"

관사림의 질문에 심호흡을 한 공손유가 차분한 음성으로 말했다.

"우리가 무황성을 무너뜨리려 하는 것은 무황성이 중원 무림의 구심점이기 때문입니다. 무황성의 구심점은 당연히 무황이고요."

"무황을 제거하겠다는 것입니까?"

관사람이 조금은 실망스런 음성으로 물었다.

"맞습니다. 무황이 사라지면 무황성은 사상누각처럼 쓰러진다고 봅니다."

"답답하긴! 그걸 누가 모르오? 문제는 구중심처에 들어앉은 무황을 어찌 제거하느냐는 것이지 않소."

옥광이 짜증이 묻어나는 음성으로 소리쳤다.

그의 무례함에 공손무의 눈이 가늘어졌다. 그것을 의식

한 관사림이 재빨리 그를 나무라고 나섰다.

"막말을 내뱉을 자리가 아니다. 예를 갖춰라."

관사람이 정색을 하자 옥광 또한 아차 싶었는지 황급히 머리를 숙였다.

"죄, 죄송합니다."

"괜찮습니다. 무황과 무황성을 생각했을 때 누가 들어도 방금과 같은 반응이 나오리라 보니까요. 그런데 방법이 있다면 어쩌시겠습니까?"

"방… 법이 있는 것입니까?"

관사림이 놀라 물었다.

산외산 역시 무황을 제거하기 위해 온갖 방법을 강구했고 나름 시도도 했다.

하지만 성공은커녕 세운 계획을 제대로 시행해 보기도 전에 모조리 실패를 하고 말았다.

"성공을 확신할 수는 없습니다. 그러나 도와주신다면 가능성은 충분합니다."

그녀의 말이 끝나는 것을 기다리고 있던 환종이 탁자 위에 검은색 주머니 하나를 올려놓았다.

"그게 무엇입니까?"

검유가 참지 못하고 물었다.

"직접 살펴보시오."

검유가 환종이 건넨 주머니를 조심히 펴 보았다.

극도로 조심을 하는 모양새가 연합을 하기로 합의를 보았으나 서로에 대한 경계는 여전하다는 것을 보여주었다.

주머니 안에는 정체를 알 수 없는 고운 가루가 들어 있었다.

검유가 가루를 만지려고 하자 환종이 넌지시 말했다.

"만지는 것은 자유지만 책임은 지지 않을 것이오."

검유의 손이 그대로 멈췄다.

피식 웃은 환종이 주머니를 회수하며 입을 열었다.

"농이었으니 그리 놀랄 필요는 없소."

"놀란 건 아닙니다."

검유가 민망한 얼굴로 대답했다.

"그렇다면 다행이오. 주머니에 있는 가루는 해남도에서 자생하는 비선초(飛仙草)를 말려 얻은 것인데 만진다거나 먹어도 전혀 해가 되지 않소. 해남도에선 음식을 만들 때 양념으로 쓸 정도니까. 하지만 그것이 이 녀석과 만나면 조금 달라지오."

환종이 또 다른 주머니를 꺼내 들었다.

약간은 선홍빛이 도는 고운 가루가 들어 있었는데 비선초 가루와 마찬가지로 별다른 향은 느껴지지 않았다.

"이 가루는 성체가 되지 못한 금린오공(錦鱗蜈蚣)의 독을 추출해서 얻은 것이오. 들어본 적이 있소?"

"없습니다."

검유가 고개를 저으며 관사림을 돌아보았다. 관사림 역시 고개를 흔들었다.

"금린오공 역시 해남도에서만 자생하는 독물이오. 오지산의 깊은 계속에서만 발견되는 것으로 세간엔 거의 알려지지 않았소. 그러나 성체가 된 금린오공의 독은 아주 지독한데 한 방울이면 장정 열 명은 그 자리에서 즉사를 시킬 수 있다고 하오. 대신 성체가 되지 못한 녀석의 독은 별다른 해를 끼치지 못하오."

환종이 금린오공의 가루를 손가락으로 찍어 맛을 보았다.

담담히 지켜보는 관사림과는 달리 옥광과 검유는 마치 자신이 맛을 보기라도 하듯 오만상을 찌푸렸다.

"중요한 것은 바로 이 비선초가 금린오공이 성체가 되는 데 결정적인 기여를 한다는 것이오. 금린오공은 비선초를 먹고 나서야 비로소 성체가 되고 극독을 만들어 내오."

관사림은 환종이 하고자 하는 말을 금방 이해했다.

"하면 금린오공이 성체가 되지 않았다고 해도 비선초를 이용하면 극독을 얻을 수 있다는 말이군요."

"그렇습니다. 성체가 된 금린오공의 독은 설사 그 독을 모른다고 해도 독특한 향으로 인해 감추기가 쉽지 않습니다. 그러나 비선초와 성체가 되지 못한 금린오공의 독은 별다른 냄새를 지니지 않은 것은 물론이고 단독으론 인체에 아무런 해를 끼치지 않지요. 이 둘을 제대로 조합만 할 수 있다면 실로 큰 무기가 될 것입니다."

"검증된 것입니까?"

관사림이 신중한 얼굴로 물었다.

"물론입니다. 무황의 직계 중 몇 명은 바로 이 독에 당해 목숨을 잃었습니다. 금린오공 성체의 독을 직접 사용한 것이 아니라 비선초와 성체가 되지 못한 금린오공의 독을 적당히 배합하는 방식으로 말이지요."

고개를 끄덕인 관사림이 공손유에게 고개를 돌렸다.

"금린오공의 독을 이용하여 무황을 제거하자는 말이군요."

"그렇습니다."

"흠, 금린오공의 독이 지닌 그 독특한 향을 감안했을 때 결국 무황을 중독시키려면 비선초와 성체가 되지 못한 금린오공의 독을 함께 사용해야 한다는 것인데 그게 가능할 것 같습니까?"

다소 회의적인 표정을 짓던 관사림은 공손유의 입가에

살짝 지어진 미소를 보며 흠칫 놀랐다.

"가능하군요."

"그렇습니다. 꽤나 오랫동안 준비를 했으니까요. 무황은 오늘 아침에도 비선초가 가미된 음식을 맛보았을 것입니다."

"허! 하면 성체가 되지 못한 금린오공의 독도 언제든지 복용시킬 수 있는 것입니까?"

"그렇습니다. 단, 무황을 완벽하게 쓰러뜨리기 위해선 꼭 필요한 조건이 있습니다."

"조건이라면……."

관사림은 조건이라는 단어가 왠지 마음에 걸렸다.

"이 계획을 성공시키기 위해선 누군가의 희생이 반드시 필요합니다. 그것도 최소한 두 분 정도의 무공 실력을 지닌 고수의 희생이."

공손유가 옥광과 검유를 지목하자 관사림은 물론이고 옥광과 검유 또한 깜짝 놀랐다.

"이유를 물어도 되겠습니까?"

관사림이 놀란 기색을 감추지 않고 물었다.

"지난 몇 번의 시험을 통해 독의 위력이 대단하다는 것은 확인할 수 있었습니다. 다만 아무리 뛰어난 절독이라 하더라도 내공이 심후한 고수들은 신속하고 제대로 된 조치만

되면 치료가 될 가능성도 충분히 있더군요. 천하제일로 인정받는 무황의 무공과 무황성에 상주해 있는 의원들, 특히 당가의 도움을 받는다면 금린오공의 독이라고 해도 무황을 죽음에 이르게 할 수는 없다는 판단입니다."

"하면 고수가 필요한 이유가……."

"그렇습니다. 무황이 독에 중독된 순간, 독으로 인해 온전한 힘을 사용하지 못하는 순간을 이용해 무황을 쓰러뜨려야 하기 때문입니다."

"무황이 중독으로 인해 무공을 사용할 수 없다면 굳이 무공이 뛰어난 암살자가 필요한 것은 아니지 않소?"

희생이란 단어가 영 거슬렸는지 질문을 던지는 옥광의 음성엔 가시가 잔뜩 돋아 있었다.

"무황을 상대하기 위함이 아닙니다."

"무황이 아니라면 누구를 상대한단 말이오?"

대답은 공손유가 아닌 관사림의 입에서 흘러나왔다.

"무황의 곁에서 그를 지키는 호위무사겠지."

"맞습니다. 특히 무황의 곁에서 단 한순간도 떨어지지 않는 호위대장 사공척은 이번 계획의 가장 큰 장벽이라 할 수 있습니다."

"사공척이라. 정확하지는 않으나 분명 들어본 이름이긴 하군요."

관사림이 고개를 갸웃거리자 환종이 곧바로 설명을 시작했다.

"최근에 호위대의 대장으로 임명된 자입니다. 사공세가 출신으로 무황의 직계는 아니나 무황이 무척이나 아끼는 인물입니다. 쓸 만한 직계가 모두 사라진 지금 무황의 후계자로 손꼽히기도 할 정도로 뛰어난 고수기도 하지요."

"뛰어나 봤자지."

옥광이 비웃음을 흘리자 환종이 정색을 하며 말했다.

"사공척뿐만이 아니오. 그를 따르는 호위대도 뚫어야 하니 문제라는 말이오. 자칫 시간을 지체하면 무황을 놓칠 수도 있소."

옥광의 말을 일축한 환종이 조금은 심각해진 음성으로 말을 이었다.

"한 가지 확인을 해둘 것은 무황을 암살하는 데 성공을 한다고 해도 그는 절대로 살아 돌아올 수 없다는 겁니다. 이유는 당연히 아실 거고요."

당연했다.

용담호혈이나 다름없는 무황성에서 무황을 암살하고 정체가 완전히 노출된 상황에서 무사히 빠져나온다는 것은 하늘이 두 쪽 나도 불가능한 일이있다.

"호위대라. 확실히 고수가 필요한 이유를 알겠소이다."

관사림의 말에 공손유가 몇 가지 설명을 덧붙였다.

"단순히 호위대를 뚫기 위함도 있지만 그전에 무황이 거주하는 지존각에 접근하기 위해선 호위대의 이목을 완전히 속여야 합니다. 그들이 전혀 눈치채지 못할 정도로 자신의 기를 완벽하게 숨길 수 있는 고수가 필요한 것이지요. 물론 그런 고수라 하더라도 무황의 이목까지 피할 수는 없기에 무황을 중독시킬 임무는 다른 사람이 맡을 것입니다."

"수십 년 동안 공을 들였다는 누군가로군요."

"그렇습니다. 그들 역시 이번 계획이 실행되면 사라질 목숨이지요."

루외루를 위해 목숨을 바칠 사람들을 생각한 것인지 공손유의 안색이 살짝 어두워졌다.

잠깐의 침묵 후, 공손유가 다시 입을 열었다.

"무황을 중독시키는 일은 우리 쪽에서 맡겠습니다. 대신 무황을 쓰러뜨릴 수 있는 실력자는 산외산에서 준비를 해 주시지요."

공손유의 요청에 관사림은 지그시 눈을 감았다.

환종이 설명을 시작했을 때부터 예상했던 요청이기에 당황하지는 않았으나 그렇다고 쉽게 대답할 수 있는 요청은 분명 아니었다.

옥광이 뭐라 입을 열려고 하자 검유가 그의 어깨를 잡고 고개를 저었다.

지금 문제는 그들이 끼어들 문제가 아니었다.

오직 전권을 지니고 있는 관사림만이 결정을 내릴 수 있는 문제였다.

가만히 눈을 뜬 관사림이 조용히 대답을 기다리고 있는 공손유에게 물었다.

"이 방법뿐인 것입니까?"

"현실적으로 다른 대안이 있다면 말씀해 주십시오. 가능한 계획이라면 당연히 받아들일 것입니다."

나직한 침음과 함께 관사람이 입을 다물었다.

이미 몇 번의 실패를 경험한 산외산에 대안이 있을 턱이 없었다.

한참을 고민하던 관사림은 결국 고개를 끄덕였다.

"알겠습니다. 무황의 숨통을 끊을 사람은 우리가 준비를 하도록 하지요."

"사형!"

벌떡 일어난 옥광이 거친 목소리로 관사림을 불렀지만 관사림은 슬쩍 손을 들어 그의 입을 막았다.

"저 두 분에 못지않은 고수가 필요하다고 분명히 말씀드렸습니다. 두 번은 없습니다. 오직 단 한 번의 기회가 있을 뿐입니다."

행여나 일이 틀어질까 공손유는 단단히 다짐을 받았다.

"걱정하지 마십시오. 확실하게 알아들었습니다."

"감사합니다. 쉽게 받아들일 수 없는 부탁을 들어주셔서."

공손유가 관사림을 향해 고개를 숙였다.

"무황을 확실히 쓰러뜨릴 수 있는 기회를 놓칠 수는 없으니까요. 한데 언제까지 준비를 하면 되는 것입니까?"

"굳이 서두를 생각은 없습니다. 그전에 선행되어야 할 일들이 있어서요."

"선행되어야 할 일이라니요?"

관사림이 의문 어린 표정으로 되물었다.

"야수궁을 물려주십시오."

"예?"

"수호령주는 물론이고 천마신교까지 움직이고 있습니다. 단독으로 움직였던 야수궁으로선 물러나기 좋은 핑계라 봅니다. 기왕이면 다른 세력 또한 움직임을 잠시 멈춰주시지요. 후퇴를 하면 더 좋을 듯싶습니다."

"그 또한 쉬운 문제는 아닙니다. 우리가 납득할 만한 이유를 말씀해 주십시오."

"산외산이나 우리나 많은 희생을 전제로 하는 계획입니다. 단순히 무황의 목숨만 빼앗기는 아깝지 않습니까?

자중지란! 저들에게 아주 제대로 판을 벌려줄 생각입니다."

공손유의 서늘한 눈빛을 보면서 관사림과 공손무는 서로 다른 상념에 빠졌다.

관사림의 눈빛엔 장차 적으로 상대해야 할 그녀에 대한 경계심과 은은한 두려움이 표출됐고 공손무의 얼굴엔 루외루의 황금빛 미래에 대한 확신과 자부심이 가득했다.

45장

선택의 기로에서

야수궁을 치기 위해 무이산을 떠난 천마신교의 정예들은 십만대산을 지척에 두고 남녕(南寧) 인근에 이르러 발걸음이 묶였다.

원래의 계획대로라면 야수궁의 발아래에 놓인 십만대산을 되찾고 곧바로 북상하여 남궁세가를 주축으로 하는 무황성의 병력과 연계하여 야수궁을 공격해야 했다.

하지만 호남을 향해 무섭게 북진하던 야수궁이 돌연 걸음을 멈추고 후퇴하면서 모든 상황이 변했다.

문제는 퇴각하던 야수궁이 다른 곳도 아니고 십만대산에

자리를 틀었다는 것이다.

과거의 천마신교라면 모를까 내분으로 인해 전력이 약화된 천마신교는 단독으론 십만대산을 회복할 능력이 없었다.

그들이 기대할 것은 오직 북상하는 야수궁을 막기 위해 호남에 집결한 병력이 남하하는 것뿐이었다.

"놈들의 본진이 십만대산에 들어간 것이 오늘로서 며칠째지?"

독고무가 빨게진 눈을 비비며 물었다.

며칠째 제대로 잠을 청하지 못해서 그런지 얼굴엔 피곤한 기색이 역력했다.

"나흘째입니다."

천마신교의 정보조직 흑무의 수장으로 올라선 막심초가 침통한 얼굴로 대답했다.

"유검에게선 아직도 별다른 소식은 없나?"

"예, 이틀 전에 보내온 전갈뿐입니다."

"음."

독고무의 입에서 나직한 신음이 흘러나왔다.

이틀 전, 남궁세가에 합류한 진유검이 천마신교를 도와 십만대산을 점령하고 있는 야수궁을 치는 데 병력을 움직여야 한다고 수뇌들을 설득 중이라는 연락을 보내왔다.

고마운 말이기는 하나 애당초 도움을 주려고 마음만 먹었다면 설득이라는 말 자체가 의미가 없는 것.

진유검의 전갈을 받은 독고무는 무황성의 도움을 기대할 수 없다는 것을 깨달았다.

“너무 심려하지 마십시오, 교주님. 설사 설득에 실패하여 원군이 움직이지 않는다고 해도 진 공자께선 혼자라도 오실 분입니다.”

천마신교의 태상원로가 된 혈륜전마가 독고무를 위로했다.

“알지. 그래서 더 미안하고.”

술잔을 드는 독고무의 얼굴에 움울한 그늘이 졌다.

“진 공자께서 교주님의 지금 말씀을 들으면 오히려 화를 내실 겁니다.”

“그렇겠지. 그런 녀석이니까.”

어두웠던 안색이 조금 펴졌다.

“아, 그런데 막심초.”

“예, 교주님.”

“놈들의 동태는 제대로 살피고 있는 거냐? 올라오는 보고에 허점이 많은 것 같던데.”

“최선을 다하고 있습니다만 생각보다 쉽지 않습니다.”

독고무의 미간이 꿈틀댔다.

"어째서?"

독고무의 날카로운 눈빛에 막심초가 당황하여 멈칫거리자 혈륜전마가 그를 대신해 대답했다.

"야수궁 놈들의 감시망이 상당한 것 같습니다. 아무래도 본교의 움직임을 의식하지 않을 수 없었을 테니까요."

"그것을 뚫어내야 하는 것이 흑무의 역할이다."

독고무가 노기를 드러냈다.

"문제는 야수궁이 온갖 동물을 이용하는 데 탁월한 능력을 지녔다는 것입니다. 사람 눈은 피해도 동물들의 눈까지 피할 방법이 없습니다."

이때다 싶었는지 막심초가 재빨리 설명을 덧붙였다.

"아무리 은밀히 움직여도 어느 순간인지 요원들의 행적이 놈들에게 간파되고 맙니다. 나흘 사이에 벌써 이십 명도 넘는 인원을 잃었습니다."

"문제로군."

그제야 상황의 심각성을 깨달은 독고무가 잔뜩 찌푸린 얼굴로 이마를 짚었다.

"이 문제를 해결해야 합니다. 야수궁에 대한 정보가 너무도 부족합니다. 지금 상황에선 원군이 온다고 해도 면목이 서질 않습니다."

"사도 장로라면 뭔가 방법이 있었을 텐데, 아쉽군."

독고무는 뒤처리를 위해 무이산에 남겨두고 온 마도제일뇌의 부재를 무척이나 아쉬워했다.

"어쨌든 최대한 빨리 방법을 찾아야 할 것 같습니다. 이대로는 안 됩니다."

"회의를 소집해. 머리를 맞대고 논의를 하다 보면 뭔가 좋은 방법이 떠오를 수도 있을 테니까."

"알겠습니다."

혈륜전마의 눈짓을 받은 막심초가 재빨리 물러났다.

일각 후, 한 자리에 모인 천마신교의 수뇌들은 온갖 의견을 거침없이 쏟아냈는데 가능성이나 실효성이 있는 의견은 거의 없었다.

커다란 의자에 몸을 파묻고 묵묵히 회의를 지켜보던 독고무의 얼굴엔 시름만이 깊어갔다.

*　　*　　*

수백 년의 전통을 자랑하는 강남의 맹주 남궁세가.

세외사패 중 가장 호전적인 것으로 알려진 야수궁이 십만대산을 초토화시키고 북상한다는 소식이 전해지면서 강남의 수많은 문파와 가문에선 남궁세가로 병력을 집중시켰다.

어차피 각각의 힘으론 야수궁을 막을 수도 없었고 희생만 늘 터. 힘을 합쳐 위기를 타개하기 위해 모인 병력이 근 이천에 이르렀다.

남궁세가가 인근에 위치한 무황성 지부의 병력도 남궁세가로 합류를 했는데 무황성에선 남궁세가에 그들의 생사여탈권을 맡기며 힘을 실어주었다.

그렇다고 남궁세가가 절대적인 권력을 휘두른 것은 아니었다.

남궁세가가 강남의 맹주로 인정받고 존중받았지만 강남에는 남궁세가 못지않은 문파들이 분명히 존재했다.

특히 호남의 형산파(衡山派)와 중검문(重劍門)의 위세는 남궁세가 못지않았고 멀리 광동에서 달려온 나부파의 저력 또한 만만치 않았다.

남궁세가의 가주 남궁결은 스스로 몸을 낮추고 각 문파의 의견을 존중하면서 그들 사이에서 벌어질 수 있는 분란의 싹을 없앴다.

그가 몸을 낮출수록 남궁세가의 지위는 오히려 더욱 공고해졌다.

그런 상황에서 야수궁이 돌연 퇴각하기 시작했다.

통칭 강남 연합군을 사실상 지휘하는 핵심 수뇌부들은 연합을 계속 유지하면서 야수궁의 움직임을 살피기로 결정하고 남궁세가와 인근 지역에 분산하여 주둔을 시작했다.

진유검이 천강십이좌를 이끌고 남궁세가에 입성했을 때가 바로 그 시점이었다.

의협진가의 후예이자 수호령주로서 진유검은 강남 연합군의 대대적인 환호를 받았다

거기까지는 좋았다.

문제는 퇴각한 야수궁이 십만대산에 진을 치고 이들을 치기 위해 천마신교가 공식적으로 도움을 요청하면서부터였다.

진유검은 당장 병력을 움직여야 한다고, 천마신교를 도와 야수궁을 공격해야 한다고 주장했다.

진유검의 주장에 남궁결은 미온적이나마 지지를 보냈지만 다른 문파는 그렇지 않았다.

진유검을 존중하고 경외하는 것과는 별개로 천마신교에 대한 인식이 좋지 않았던 상당수의 군웅은 천마신교의 성지라 할 수 있는 십만대산이 야수궁에 철저하게 유린당하는 것을 오히려 즐기고 있었다.

당연히 진유검의 요청은 거부되었고 시간이 지나면 지날수록 갈등은 심화되었다.

강남 연합의 수뇌들과 진유검의 갈등이 생각 외로 심각해지자 강남 연합의 사실상 수장이라 할 수 있는 남궁결은

의견을 조율할 시간을 달라고 요청했다.

자신의 의견에 비교적 우호적이었던 남궁결의 입장을 감안한 진유검은 치미는 화를 애써 참으며 만 하루를 기다렸다.

그리고 일 년 같던 하루가 지나갔다.

"결론이 났습니까?"

회의실에 도착한 진유검은 남궁결을 향해 곧바로 질문을 던졌다.

"그게……."

남궁결이 곤혹스런 얼굴로 말끝을 흐렸다.

진유검의 미간에 역팔자의 주름이 잡혔다.

남궁결의 태도를 감안했을 때 어떤 결론이 나왔는지 짐작이 가능했다.

"정녕 움직이지 않을 생각입니까?"

진유검이 차갑다 못해 냉기가 풀풀 풍기는 음성으로 좌중을 둘러보았다.

애써 시선을 피하고 연신 헛기침을 해대는 수뇌들을 보며 진유검은 남궁결의 제안을 받아들인 것을 후회했다.

쓸데없는 믿음으로 아까운 시간만 허비하느니 차라리 하루라도 빨리 친구에게 달려가는 것이 옳았다고 여긴 것이다.

"여러분의 뜻은 잘 알았습니다. 하지만 이것 하나만 명심하십시오."

진유검의 분노 어린 음성이 회의실을 무겁게 짓눌렀다.

"아시다시피 얼마 전 천마신교의 내분이 겨우 정리가 되었습니다. 많은 피를 보았고 상당한 힘을 손실했습니다. 그들을 궁지에 몰아넣었던 루외루가 일단 물러나기는 했어도 어떤 계략을 꾸밀지 모르는 상황이기도 합니다. 그럼에도 천마신교는 우리를 돕기 위해 움직였습니다."

"꼭 그렇게만 볼 것이 아니지 않소. 천마신교로서도 내부의 문제를 외부로 돌리기 위한 좋은 기회였소이다."

중검문의 문주 염고한(廉高翰)이 진유검의 분위기에 휘둘리지 않겠다는 듯 힘주어 말했다.

중검문과 뜻을 같이하는 문파의 수장들도 그의 의견에 힘을 실었다.

"더불어 십만대산을 수복할 수 있는 방법이기도 했지요."

"그들이 이곳이 아니라 십만대산 쪽으로 움직인 것만 봐도 그런 의도를 가진 것 아니겠소이까?"

진유검은 그들의 반발에 아무런 대꾸도 하지 않았다.

남궁결은 적의 배후를 위협하는 것이 아군에게 얼마나 큰 도움이 되는 것인지도 모르는 자들이 회의석상에서 목소리를 높이는 것이 부끄러웠는지 붉어진 얼굴을 감추며 슬며시 고개를 돌리고 말았다.

"다른 분들도 같은 생각이겠군요."

진유검의 말에 아무도 대답을 하지 않았다. 그저 침묵으로 일관할 뿐이었다.

바로 그때였다.

천강십이좌들과 함께 회의실 한쪽 구석에 조용히 앉아 있던 전풍이 벌떡 일어났다.

붉게 상기된 낯빛하며 분노로 이글거리는 눈동자를 본 진유검은 아차 싶었다.

하지만 미처 말릴 사이도 없이 전풍의 욕설이 작렬했다.

"이런 씨발! 정말 별 거지 같은 꼴을 다 보겠네. 그만 갑시다, 주군. 이런 한심한 인간들하고 무슨 얘기를 나눈다는 겁니까? 독고 형님께 이런 인간들의 도움을 받게 하고 싶지는 않습니다."

"뭣이라! 지금 뭐라 지껄였느냐!"

염고한이 자리를 박차고 일어났다.

육십이 넘은 나이에 고작 스물 남짓한 전풍에게 모욕을 받았다고 여긴 그는 수치심에 부들부들 몸을 떨었다.

전풍은 그에겐 시선조차 주지 않았다.

"아직 당해보지 않아서 뭘 모르는 겁니다, 주군. 루외루가 얼마나 살벌한 놈들인지, 놈들의 무공이 얼마나 뛰어난지 전혀 모르지 않습니까?"

"그만해라."

진유검이 전풍에게 손짓했지만 한번 뚫린 전풍의 입을 막지는 못했다.

전풍이 활화산 같은 눈빛으로 좌중을 둘러보았다.

"주군은 세외사패의 뒤에 산외산이 있다고 분명히 얘기했소. 무황성의 지부장이라는 사람도 인정을 했고."

모두의 시선이 한 중년인에게 향했다.

"그것은 확인되지 않은……."

누군가의 음성이 끝나기도 전, 전풍이 그의 말을 잘랐다.

"그러니까 한번 당해보라고. 당한 다음에 그런 말을 지껄여 보시라고. 개처럼 기어봐야 놈들의 두려움을 알겠지."

전풍은 상대가 누군지 확인도 하지 않고 마음껏 조롱했다.

"네놈이 감히!"

염고한의 좌측에 앉아 있던 사내가 검을 잡았다.

사내의 검이 절반쯤 뽑혔을 때 진유검의 입에서 나직한 음성이 흘러나왔다.

"뽑으면 죽는다."

시장통을 방불케 하는 회의실에서 너무도 또렷하게 들리

는 음성에 모두가 흠칫 놀라 움직임을 멈췄다.

진유검의 서늘한 눈빛과 마주한 사내는 식은땀을 흘리기 시작했고 염고한도 당황스러움을 감추지 못했다.

그래도 한 문파의 수장으로서 위엄을 잃을 수는 없었다.

"지, 지금 우, 우리를 협박하는 것이오?"

염고한이 애써 침착한 모습으로 물었다.

진유검의 입꼬리가 다시 올라갔다.

"그 정도를 위협이라고 할 수 있겠습니까?"

진유검이 가볍게 손을 흔들자 앞에 주변에 있던 술잔들이 염고한과 그의 측근들을 향해 날아갔다.

"령주!"

깜짝 놀란 남궁결이 만류하려 하였으나 날아간 술잔은 이미 염고한 등의 코앞에 이르고 있었다.

강남에서도 알아주는 고수인 염고한은 곧바로 반응을 했지만 다른 사람은 아예 움직일 생각을 하지 못했다.

염고한의 손이 술잔을 낚아채려는 순간, 매서운 기세로 날아들던 술잔들이 한 줌 먼지가 되어 흩어졌다.

결국 허공에 헛손질을 하게 된 염고한의 얼굴은 부끄러움에 벌겋게 변했고 막 죽음의 위기에서 벗어난 이들은 하얗게 질린 얼굴로 어찌할 바를 몰라 했다.

"최소한 이 정도는 되어야 협박이라 할 수 있겠지요. 하니 협박이란 말은 함부로 하지 않는 게 좋을 겁니다."

짧게 내뱉은 진유검의 시선이 남궁결에게 향했다.

"남궁 가주님의 호의는 가슴에 새기겠습니다."

가볍게 읍을 한 진유검이 몸을 돌렸다.

"려, 령주."

남궁결이 진유검을 진정시키려 하였지만 이미 마음이 상한 진유검의 발걸음을 멈추게 하지는 못했다.

"죄, 죄송합니다."

그제야 이성을 찾은 전풍이 고개를 숙였다.

아무리 화가 나도 나설 자리가 있고 그렇지 않은 자리가 있는 법.

전풍은 자신으로 인해 진유검이 곤란해졌다고 여겼다.

"아니다. 네 말이 맞다. 이런 식의 도움은 오히려 녀석을 모욕하는 것이지. 가자. 쓸데없는 시간만 허비했어."

진유검은 뒤도 돌아보지 않고 회의실을 빠져나갔다.

전풍은 보란 듯이 의자를 걷어차고 진유검의 뒤를 따랐다.

시선을 교환하던 천강십이좌도 자리에서 일어났다.

가장 늦게 문을 나서던 천강일좌 문청공이 혀를 차며 말했다.

"쯧쯧, 오늘의 일을 얼마나 후회하려고."

공허하게 울리는 문청공의 말에 회의실의 분위기는 질식할 것만 같은 적막감에 휩싸였다.

*　　*　　*

며칠 전만 해도 전쟁터를 방불케 했던 무황성에 모처럼의 평화가 찾아왔다.

십만대산을 초토화시키고 무섭게 북상하던 야수궁이 돌연 퇴각하였고 때를 같이하여 금방이라도 침략을 감행할 것 같았던 빙마곡과 마불사, 낭인천 또한 일체의 움직임을 멈추었다.

세외사패의 이해하기 힘든 움직임의 이유를 알기 위해서 무황성은 전력을 기울였다.

처음엔 무황성의 방심을 이끌어내기 위해 기만전술이라는 의견이 다수였지만 십만대산에 눌러앉은 야수궁과는 달리 뒤로 물러난 삼패의 철군이 확실시되고 그들이 물러난 이유가 무황성이 신비에 감춰져 있던 루외루의 존재 때문이라는 주장이 설득력을 얻으면서 일촉즉발의 상황은 벗어났다는 분위기가 대세를 이루었다.

그래서인지 지존각을 뚫고 나오는 무황의 웃음소리가 전에 없이 밝았다.

"허허허! 청한 사람은 이 늙은이거늘 어찌 령주께서 술병을 들고 오시는 겝니까?"

짐짓 타박을 하면서도 무황의 시선은 진산우의 손에 들린 술병에 꽂혀 있었다.

"멀리 왜국에서 들여온 것인데 중원의 술과는 다르게 다소 밍숭하기는 해도 감칠맛이 제법이외다. 빈손으로 오기도 뭣하고 해서 오는 길에 몇 병 챙겨 보았습니다."

"허허! 누가 들으면 이 늙은이가 령주를 타박이라도 하는 줄 알겠습니다. 그래도 이건 참으로 반갑군요."

무황이 빼앗듯이 술병을 잡더니 옥으로 빚은 술잔에 술을 따랐다.

향기로운 술 내음이 온 방 안을 휘감았다.

"향만으로도 취하겠습니다."

"그렇지요. 향이 참으로 일품입니다."

진산우가 무황이 건네는 술잔을 받아 들며 웃었다.

두 사람은 누가 먼저라고 할 것도 없이 서로 잔을 권하며 순식간에 술병을 비워 나갔다.

진산우가 가져온 술은 물론이고 무황이 미리 준비해 놓은 술마저 떨어졌지만 술자리는 끝나지 않았다.

"허허허! 이거 늙은이들이 너무 많이 마신다고 흉보는 것은 아닌지 모르겠습니다."

진산우가 빈 술상을 내가고 다시 차려오라 명하는 무황을 보며 말했다.

"볼 테면 보라지요. 근래에 몇 번 마신 적은 있지만 지금처럼 마음 편히 마신 적은 없었습니다. 오랜만에 령주님과 잔을 기울이니 이리도 좋은 것을요."

"하긴 오래 되긴 되었지요. 그런데 언제까지 령주라는 호칭으로 부를 생각입니까? 그 이름을 버린 지가 오래입니다."

"아무래도 입에 붙어서 그런지 말이 헛 나오나 봅니다."

"아무려면 어떻습니까? 편한 대로 부르십시오."

진산우가 너털웃음을 터뜨릴 때 술상이 들어왔다.

따로 명이 있었던 것인지 상다리가 휘어질 정도로 거창하게 차린 것은 아니나 음식 하나하나에 정성이 가득 담겨 있었다.

"자, 드시지요. 오늘은 정말 마음껏 취하고 싶습니다."

무황이 술병을 잡아 들며 말했다.

"세외사패가 완전히 물러났다는 말들이 오가고 있다던데 그 때문에 이리 기분이 좋으신 것 같습니다."

"예, 그렇습니다. 워낙 음흉한 놈들이라 그 속내를 제대로 파악할 수는 없지만 최소한 당분간은 큰 위기가 없을 것 같습니다."

"누구의 판단입니까?"

진산우가 술잔을 입에 대며 물었다.

"군사의 판단입니다. 신천옹에서도 같은 의견이었지요."

"군사와 신천옹의 판단이 같다면 틀림없겠군요."

군사 제갈명의 능력과 신천옹의 정보력이 어떠한지 정확하게 알고 있던 진산우가 기쁜 얼굴로 고개를 끄덕였다.

"한데 어째서 이리도 갑자기 물러난 건가요? 소문대로 루외루의 존재 때문입니까?"

"그것까지는 알지 못합니다만 가장 가능성이 큰 이유라 여깁니다. 세외사패가 본격적으로 중원무림을 노릴 때까지만 해도 루외루의 존재는 세상에 전혀 알려지지 않았으니까요. 이게 다 손자분 덕입니다. 수호령주가 아니었다면 놈들의 존재가 아직까지도 드러나지 않았을 것입니다."

무황이 건배를 청하자 진산우가 잔을 부딪쳤다.

"아무튼 루외루가 암약하고 있다는 사실을 알게 된 이상 놈들도 함부로 움직일 수는 없었을 것입니다. 우리와 혈전을 벌이면 엉뚱한 곳에 어부지리를 주는 셈이니까요."

"놈들이라면 산외산을 말씀하시는 거군요."

"그렇습니다."

"세외사패의 배후에 산외산이 있다는 것은 확인이 된 것입니까?"

"한심하게도 아직 확인하지 못했습니다. 심증은 확실한데 물증이 없는 셈이라고나 할까요. 대체 뭣들 하는 것인지. 그래도 이제 알 만한 사람은 다 압니다. 계속 비밀로 하기도 뭣하고 해서."

무황이 젓가락을 들고는 신경질적으로 안주로 준비된 잉어찜을 휘저었다.

바로 그 순간, 문 앞에서 조용히 고개를 숙이고 있던 시비의 눈동자가 반짝 빛났다.

"오 숙수께서 직접 오셨습니까?"

호위대장 사공척이 지존각을 향해 다가오는 이들을 보며 웃었다.

"그리되었네. 의협진가의 태상가주께서 방문하셨다지?"

"예, 그래서인지 평소보다 과음을 하시는 것 같습니다. 한데 저것들은 무엇입니까? 술과 안주는 방금 전에 들어간 것으로 아는데요."

사공척이 오 숙수가 대동한 시비들의 손에 들린 쟁반을 힐끗거리며 물었다.

"이번에 새롭게 개발한 비장의 요리일세. 귀한 손님이 오셨다고 특별히 신경 쓰라는 말씀이 있으셔서 몇 가지 더 준비해 보았네."

"그러셨군요. 애쓰셨습니다."

밝게 웃은 사공척이 뒤쪽 수하에게 눈짓을 보냈다.

신호를 받은 수하가 쟁반을 확인하기 시작했다.

어찌 보면 오 숙수를 무시하는 모습일 수도 있었지만 사람은 물론이고 그 어떤 음식도 호위대의 검사를 받지 않고는 지존각 안으로 들어설 수 없는 것이 무황성의 오랜 불문율(不文律)이었다.

호위대는 독을 감지하는 데 탁월한 효과가 있는 은수저는 물론이고 직접 맛까지 보며 음식에 이상이 없는지 철저하게 확인했다.

잠시 후, 음식을 직접 복용한 수하에게 아무런 이상도 없다는 것을 확인한 사공척이 길을 텄다.

"준비하는 김에 몇 가지 더 마련했네. 술이 없어서 서운하겠지만 간단히 요기라도 하게나."

오 숙수가 넉넉한 미소를 지으며 손짓하자 맨 뒤에 있넌 시비 둘이 커다란 쟁반을 가지고 걸어왔다.

쟁반에는 보는 것만으로도 군침이 돌 정도로 잘 구워진 오리가 놓여 있었다.

갖가지 향신료로 조리를 했는지 그 향기 또한 기가 막혔다.

사공척 주변에 있던 호위대들의 얼굴이 환해졌다.

"번번이 신세를 집니다."

"신세는 무슨. 자네들이야말로 이 무황성에서 가장 중요한 일을 하는 사람들 아닌가. 잘 먹어야지."

"아무튼 감사히 잘 먹겠습니다."

사공척은 자신의 가슴에도 오지 못하는 오 숙수를 향해 정중히 고개를 숙였다.

그런데 고개를 들던 그의 눈에 낯선 얼굴이 들어왔다.

"못 보던 얼굴이군요."

음성은 조금 전과 다르지 않았지만 사공척의 날카로운 눈빛은 낯선 이들의 전신을 빠르게 훑고 있었다.

뭐라 꼭 집어 말할 수 없는 묘한 분위기가 느껴지는데 딱히 무공을 익힌 흔적은 보이지 않았다.

"누구? 아, 저 친구들 말인가?"

오 숙수가 다른 이들과는 달리 아무것도 들지 않고 있는 젊은 남녀를 가리키며 되물었다.

"예."

"이번에 새롭게 들인 친구들이네. 노부의 나이가 일흔이 넘지 않았나. 이제 물러날 준비를 해야지."

오 숙수의 말이 끝나기도 전에 사공척의 입에서 탄성이 터져 나왔다.

"아, 대표 숙수 자리를 놓고 경합을 벌이고 있다던……."

사공척의 곁으로 다가온 오 숙수가 슬그머니 그의 귀에 대고 말했다.

"너무 어려보이지? 저래 봬도 황도에선 세 손가락 안에 꼽히는 실력자들일세. 아직 시험이 끝나지는 않았으나 저 아이가 될 가능성이 높아."

오 숙수의 말에 이끌린 사공척의 시선이 왼편의 젊은 여인에게 향했다.

눈에 확 띄는 미모는 아니었지만 어딘지 모르게 매력이 느껴지는 여인이었다.

때마침 눈이 마주친 여인이 사공척을 향해 수줍게 미소를 지어 보였다.

"험! 험!"

민망함을 감추기 위함인지 사공척의 입에서 연신 헛기침이 터져 나왔다.

그때, 위층에서 날카로운 외침이 터져 나왔다.

"령주!"

사공척의 안색이 확 변했다.

누구의 음성인지 확인을 할 필요도 없었다.

사공척은 무황의 처소가 있는 삼 층으로 달려갈 수가 없었다.

숙수라고 소개를 받았던, 조금 전까지만 해도 아무런 특색이 없던 남녀의 분위기가 확 변한 것이다.

"최대한 빨리 정리해야 한다."

사내의 말에 천천히 고개를 끄덕인 여인이 허리춤에 손을 가져갔다.

손이 제자리로 돌아왔을 때 그녀의 손에는 거무튀튀한 채찍이 들려 있었다.

"네놈들이……."

검을 빼 든 사공척의 눈에서 살기가 폭사되었다.

그러나 흥분하지 않았다.

오히려 냉철한 눈으로 주변 상황을 살피기 시작했다.

바로 그런 점이 사공척의 가장 큰 장점이었다.

어떤 상황에서도 냉정함을 유지할 수 있었기에 비교적 어린 나이 임에도 무황의 호위대장이 되었고 무황의 후계자로 거론되기까지 하는 것이다.

'이 층은 비어 있고 적이 침입한 기척은 없다. 삼 층까지 올라간 것은 오직 술과 몇 가지 안주뿐.'

결론은 하나였다.

사공척의 차가운 눈이 물끄러미 천장을 바라보는 오 숙수에게 향했다.

"오 숙수가 배신을 할 줄은 몰랐군요."

"미안하게 되었네. 그래도 이해를 해주게나. 노부가 처음 이곳에 발을 디딜 때부터 주어진 임무였으니."

오 숙수의 말에 사공척은 놀랄 수밖에 없었다.

오 숙수가 무황성에 들어온 것이 열 살 남짓 때로 알고 있었으니 무려 육십 년의 세월을 자신의 신분과 목적을 숨기고 지냈다는 것이었다.

"하지만 인간으로서 할 짓은 못 되는군."

씁쓸한 미소와 함께 오 숙수의 몸이 천천히 무너지기 시작했다.

"오늘이 영… 원히 오지 않… 았으면 했… 거늘."

오 숙수는 눈도 감지 못한 채 쓰러졌다.

사공척은 그의 입에서 흘러나오는 검붉은 핏줄기를 보며 스스로 목숨을 끊었음을 직감했다.

"흡, 한심한 영감 같으니."

사내가 피를 토하고 숨이 끊어진 오 숙수의 시신을 보며 인상을 찌푸렸다.

"난 이해가 되는데요. 오랜 세월 동안 이곳에서 지냈으니 얼마나 괴로웠을까요?"

"괴롭기는! 그만한 각오도 없이 어찌 대업을 이루겠다고."

"어쨌든 목숨으로 임무를 완수했잖아요. 이제는 우리 차례지요."

여인이 천천히 채찍을 움직이며 말했다.

"그래, 이제는 우리 차례지."

사내가 뒤쪽에서 기습을 가하던 호위대원의 목줄기를 잡아 비틀며 말했다.

목이 꺾여 그대로 절명한 호위대원의 검을 취한 사내가 여인을 보며 씨익 웃었다.

"반드시 살아나가자고, 사매."

"성주님!"

문 밖에서 호위를 서고 있던 호위대 이조장 곽위가 기겁하여 방으로 뛰어들었다.

거칠게 방문을 연 곽위의 몸이 눈앞에 펼쳐진 광경에 얼음처럼 굳어버렸다.

술상은 아무렇게나 어지럽혀져 있었고 무황과 진산우는 가슴을 부여잡고 비틀거리고 있었다.

"성주님!"

"소란… 떨지 마라."

곽위를 진정시킨 무황이 고통으로 일그러진 얼굴로 말했다.

"중… 독된 것 같… 구나."

"예?"

곽위가 깜짝 놀라 되물었지만 무황은 대답 대신 어지럽게 흩어진 술과 안주를 응시했다.

음식에 문제는 없었다.

음식에 독이 섞여 있었다면 호위대의 검사에서 발견이 되었을 것이고 설사 그들이 놓치고 지나갔다고 해도 독이 몸 안에 들어오는 순간 즉시 눈치챘을 것이다.

"대체 어떻게……."

무황이 거칠게 머리를 흔들었다.

지금은 그런 잡생각을 할 때가 아니라 몸에 침투한 독을 몰아내는 데 집중을 해야 했다.

몸에 침투한 독은 급격하게 영역을 넓혀가며 목숨을 위협했다.

독 기운을 감지하고 즉시 내력을 움직여 몰아내려 하였지만 쉽지가 않았다.

무황의 시선이 진산우에게 향했다.

어느새 가부좌를 틀고 앉아 독기를 몰아내기 위해 애쓰는 진산우의 표정은 보고 있기가 안쓰러울 정도였다.

모든 것이 자신의 실수라 여긴 무황이 입술을 지그시 깨물었다.

무황과 곽위의 시선이 마주쳤다.

이심전심(以心傳心). 굳이 말이 필요치 않았다.

"제게 맡겨주십시오."

힘주어 말한 곽위가 몸을 돌렸다.

곽위의 눈짓에 잔뜩 겁에 질려 있던 시비들이 점혈을 당해 쓰러졌다.

현 상황에서 그녀들이 어떤 잘못을 한 것인지 밝혀지지 않았다. 다만 차후에 심문을 할 필요가 있기 때문에 취한 조치였다.

"두영."

"예, 조장."

"당장 대장님께……."

곽위의 말은 이어지지 못했다.

아래층에서도 분노에 찬 기합성과 병장기 소리가 들려왔기 때문이었다.

'암습?'

곽위가 굳은 눈으로 무황을 살폈다.

무황은 이미 눈을 감고 운기조식을 시작한 상태였다.

"당장 가서 상황을 파악해봐. 뭐가 어떻게 돌아가고 있는 것인지 알아야겠다."

"알겠습니다."

두영이 곧바로 방문을 빠져나갔다.

잠시 후, 두영은 딱딱히 굳은 얼굴로 돌아왔다.

암습자들의 공격에 아래층은 이미 난장판이 된 상태였고 사공척과 호위대가 최선을 다해 암습자들을 막고 있었지만 상황이 좋지 않다는 설명에 곽위의 심장은 미친 듯이 요동치기 시작했다.

그야말로 절체절명의 위기였다.

섬뜩한 한기가 밀려들었다.

곽위는 자기도 모르게 몸을 부르르 떨었다.

자칫하면 무황이 목숨을 잃을 수도 있는 상황이었다.

그것도 무황성 한가운데 가장 경비가 삼엄하다는 지존각 처소에서.

"명심해라. 지금 이 순간부터 대장님을 제외한 그 누구도 방 안으로 들어설 수 없다. 동료들도 예외는 아니다."

곽위가 수하들과 일일이 눈을 마주쳤다.

"만약 우리가 무너지면……."

너무도 참담한 말이었기에 차마 말을 잇지 못했다.

수하들도 그런 곽위의 마음을 이해하고 있었다.

"죽음으로 이곳을 지킨다."

"크아악!"

"으악!"

사방에서 들려오는 수하들의 비명 소리에 가슴이 무너져

내렸지만 사공척이 할 수 있는 것은 아무것도 없었다.

눈앞의 상대는 생각이란 것을 할 수 있는 찰나의 시간조차 허락하지 않았다.

사공척의 선공으로 싸움이 시작되고 곧바로 역공을 당한 이후, 그는 단 한 번도 반격에 성공하지 못하고 일방적으로 밀리고 있었다.

수하들이 그를 돕기 위해 나섰지만 흐름은 바뀌지 않았고 오히려 헛되이 목숨만 잃고 말았다.

수하들이 모조리 목숨을 잃은 후, 사공척은 더욱 비참한 신세로 전락했다.

왼쪽 팔은 손목부터 잘려 나갔다.

가슴과 허리엔 입은 깊은 상처에선 연신 핏물이 흘러나왔으나 지혈할 엄두조차 내지 못했다.

잠깐이라도 움직임을 멈추는 순간 적이 날린 검에 목이 날아가리라는 것을 본능적으로 느끼고 있었기 때문이었다.

사공척은 그가 할 수 있는 모든 능력을 발휘하여 저항을 했고 암살자의 발걸음을 묶기 위해 목숨을 걸었지만 실력차이가 너무도 많이 났다.

지금껏 버틴 것만으로도 기적이라 할 정도로 암살자들의 실력은 대단했다.

"크헉!"

사공척의 입에서 단말마가 터져 나왔다.

그는 자신의 심장을 꿰뚫은 검을 보며 허탈하게 웃었다.

당금 천하에 자신보다 강한 사람은 얼마든지 많다고 여기고는 있었다.

그래도 설마하니 같은 연배의 적에게 이토록 속수무책으로 당할 줄은 상상도 하지 못했다.

무너지는 사공척의 고개가 위층으로 향하는 계단으로 향했다.

계단을 막고 있던 호위대 역시 채찍을 휘두르는 여인에게 모조리 목숨을 잃은 상태였다.

이제 무황을 지킬 수 있는 사람은 곽위가 이끄는 이조 대원들뿐이었다.

"죄송……"

사공척은 끝까지 임무를 완수하지 못하고 쓰러지는 것에 대한 용서를 구하며 고개를 떨구고 말았다.

"사형, 너무 오래 걸렸어요."

피로 물든 채찍을 축 늘어뜨린 유가령(劉佳玲)이 미간을 찌푸리며 다가왔다.

"생각보다 끈질긴 놈이었어. 들었던 것보다 더 강하기도 했고."

광목(曠睦)이 민망한 웃음을 지으며 검을 흔들었다.

"덕분에 살아 돌아갈 가능성은 더 희박하게 되었어요."

유가령이 지존각을 향해 접근하는 무수한 기운을 느끼며 한숨을 내쉬었다.

오 숙수와 함께 온 시비들은 물론이고 지존각을 지키고 있던 호위대까지 모조리 제거를 했지만 지존각의 상황이 외부로 알려지는 것을 막지는 못한 듯했다.

"하늘이 무너져도 솟아날 구멍은 있는 법이야. 어쨌든 우리의 임무는 완수해야겠지."

"서두르기나 해요."

유가령이 계단 위로 뛰어 올라가며 소리쳤다.

유가령의 뒤를 따라 오르던 광목은 위층과 연결된 계단을 철저하게 파괴하며 이동했다.

지원군을 완전하게 막을 수는 없다해도 최소한의 시간이라도 지체는 시킬 수 있을 터였다.

한달음에 삼 층에 오른 유가령이 자신을 향해 달려오는 호위대를 향해 채찍을 뻗었다.

검을 휘감으며 날아간 채찍 끝이 호위대원의 이마를 관통했다.

채찍을 타고 점점히 흘러내리는 피와 뇌수.

유가령이 손목을 움직이자 호위대원의 이마를 관통한 채찍이 그의 목을 감더니 이내 몸뚱이와 머리를 분리시켰다.

휘이익!

채찍에 휘감긴 호위대원의 머리가 그의 동료들을 향해 날아갔다.

동료의 머리에 차마 흠집을 낼 수 없었던 호위대원들이 사방으로 흩어지자 유가령의 뒤를 따르던 광목이 그 사이를 파고들며 검을 휘둘렀다.

합심하여 상대를 해도 제대로 막아내지 못할 고수였건만 뿔뿔이 흩어진 상황이었으니 광목의 공격을 받아낸다는 것은 사실상 불가능했다.

게다가 아래층에서 시간을 허비한 광목은 힘을 아끼지 않고 전력을 다해 공격을 퍼부었다.

"크아악!"

"컥!"

곳곳에서 터져 나오는 비명 소리.

광목의 공격을 받은 호위대원들은 단 일 초시도 받아내지 못하고 모조리 나가 떨어졌다.

대다수가 절명을 한 상황에서 운이 좋아 목숨을 부지한 대원이 있었으나 그 역시 곧바로 날아온 채찍에 의해 동료들과 같은 신세가 되고 말았다.

삼 층에 오르는 것과 동시에 방어막을 무력화시킨 유가령과 광목이 무황이 있는 방으로 움직이려 할 때였다.

무너진 계단을 통해 빠르게 접근하는 이들이 있었다.

그들을 무시하고 움직일 수 없다는 판단을 한 광목이 유가령의 어깨를 툭 치며 말했다.

"이쪽은 내가 막고 있을 테니까 사매가 무황의 목을 취해."

적의 접근을 이미 느끼고 있던 유가령이 입술을 꼬옥 깨물며 고개를 끄덕였다.

"알았어요. 사형도 조심해요."

"걱정하지 말고."

서로에게 신뢰의 눈빛을 보낸 유가령과 광목이 각자의 목표를 향해 발걸음을 움직였다.

꽝!

유가령의 발길질에 승천하는 황룡의 모습이 조화롭게 그려진 문짝이 그대로 박살 났다.

한눈에 들어오는 방 안의 전경.

무황과 진산우가 힘겹게 운기조식을 하고 있었고 검을 뽑아 든 곽위가 그 앞을 지키고 있었다.

점혈 당해 쓰러진 시비들은 한쪽 구석에 나란히 눕혀진 상태였다.

"제대로 성공을 했군."

유가령은 독기를 몰아내기 위해 필사적으로 운기조식을

하는 무황의 낯빛을 보며 그의 중독 상태가 상당히 심각하다는 것을 확인했다.

그래도 상대가 상대이니만큼 확실한 마무리가 필요했다.

유가령은 무황을 향해 거침없이 나아갔다.

곽위가 서슬 퍼런 검을 뽑아 들고 있음에도 전혀 개의치 않는 모습이었다.

“죽어랏!”

유가령이 사정권에 들어오자 곽위가 주저없이 손을 썼다.

무황성 최고의 정예들로만 이뤄진 호위대의 조장답게 빠르고 날카로운 검이었다.

뒤로 물러설 곳이 전혀 없는, 그야말로 배수의 진을 치고 있는 곽위의 절박한 심정이 담겼기에 그 위력은 애당초 그가 지닌 실력을 훌쩍 뛰어넘은 상태였다.

어지간한 고수라면 곽위의 기백에 조금은 멈칫거릴 만도 했건만 안타깝게도 상대하는 적의 실력은 그의 상상을 간단히 뛰어넘는 실력자였다.

날카로운 소성과 함께 움직인 채찍이 곽위의 검을 간단히 쳐 냈다.

첫 번째 공격이 너무도 쉽게 막히자 곽위의 안색은 더없이 어두워졌다.

지금의 싸움은 실력 차이를 떠나 처음부터 곽위에게 절대적으로 불리한 싸움이었다.

무황과 진산우가 운기조식을 하는 지금, 곽위는 어떠한 상황에서도 그들의 앞을 비켜설 수가 없었다.

애당초 암살자의 목표는 곽위가 아니라 무황이기 때문이었다.

그런 상황에서 선공을 실패했고 기세를 이어가지 못했으니 이제 남은 것은 유가령의 인정사정 없는 공격을 정면으로 막아낼 뿐이었다.

단숨에 호위대를 뚫고 무황의 처소까지 난입한 유가령의 실력을 감안했을 때 승산은 없었다.

그래도 포기할 수는 없었다.

오직 그만이 무황의 목숨을 지켜낼 수 있는 최후의 보루이기 때문이다.

곽위는 피가 나도록 입술을 깨물며 전의를 다졌다.

취리릿!

유가령의 손에 들린 채찍이 맹렬하게 꿈틀댔다.

장소가 좁았기에 채찍의 움직임에 다소 제약이 있으리란 예상과는 달리 걸리적거리는 모든 것을 날려 버린 채찍은 자기만의 공간을 완벽하게 차지하며 곽위를 공격했다.

곽위가 혼신의 힘을 다해 검을 움직여 보았으나 살아 있는 듯 채찍의 현란한 움직임 속에 그의 검은 완전히 무용지물이 되어버렸다.

옷이 찢어지고, 피가 튀고, 살이 찢겨 나갔다.

곽위는 눈 깜짝할 사이에 혈인으로 변해 버렸다.

온몸으로 채찍을 막아내며 어떻게든 버텨 보려고 노력했지만 유가령의 압도적인 힘 앞에선 너무도 무력했다.

쿵!

그토록 굳건했던 곽위의 무릎이 마침내 꺾어지고 말았다.

곽위의 숨통을 끊기 위해 최후의 일격이 이어졌다.

46장

거인(巨人)은 쓰러지고

"지금 뭐라고 했느냐? 어디가 공격을 받아?"

경악 어린 표정으로 되묻는 제갈명의 몸이 석상처럼 굳어버렸다.

"지존각이 기습 공격을 받고 있다고 합니다. 호위대가 막고는 있는데 상황이 생각보다 심각하다고……."

전령은 헐떡이며 말을 잇지 못했다.

"서, 성주님은, 성주님은 어찌 되셨느냐?"

제갈명과 한담을 나누던 원로 사웅천(紫雄薦)이 자리를 박차고 일어나며 물었다.

"성주님의 안위는 아직 확인되지 않았습니다."

"다, 당장 지존각으로 병력을 보내라. 지금 당장!"

제갈명이 덜덜 떨리는 음성으로 소리쳤다.

"이미 움직였습니다. 특히 월성각(月星閣)에 머물던 형주 유가의 무인들이 지존각에 도착한 것으로 압니다."

형주유가가 움직였다는 말에 제갈명의 낯빛이 살짝 밝아졌다.

사대가문 중 비교적 세가 약하다고 알려졌지만 형주유가는 그래도 명색이 무황성의 네 기둥 중 하나였다.

게다가 천운인지 몰라도 닷새 전부터 가주가 직접 월성각에 머물고 있는 중이었으니 그들만 제때에 나서준다면 암살자들을 충분히 막을 수 있으리라 여겼다.

"자, 우리도 이러고 있을 게 아니라 어서 가보세나. 상황이 어찌 돌아가는지 확인을 해야지."

자웅천은 제갈명을 기다리지도 않고 방문을 나섰다.

자웅천을 따라 황급히 걸음을 옮기던 제갈명이 뭔가 생각난 듯 전령에게 고개를 돌렸다.

"한데 지존각을 공격한 자들의 숫자는 얼마나 된다고 하더냐?"

"그게……."

"확인되지 않은 것이냐?"

"정확히 파악은 되지 않았지만 많아봐야 두세 명 남짓인 것 같습니다."

순간, 제갈명은 굳은 얼굴로 걸음을 멈추고 말았다.

무황성의 심장이라 할 수 있는 지존각을 공격하는 숫자가 고작 두세 명이라는 것은 말도 되지 않는 숫자였다.

이것이 의미하는 것은 간단했다.

애당초 망상에 불과하거나 아니면 정말 뛰어난 실력자가 무황의 목숨을 노린다는 것. 불행히도 후자의 경우인 것 같았다.

제갈명은 자신의 생각이 틀렸기를 간절히 빌며 고개를 흔들었지만 불길한 예감은 좀처럼 지워지지 않았다.

"애썼다. 그만 쉬어라."

이미 의식은 끊긴 상태.

생과 사의 기로에서 환청처럼 들린 음성에 곽위의 입가에 미소가 지어졌다.

힘없이 무너져 내리는 곽위의 신형을 안아 바닥에 누인 무황이 굽혔던 무릎을 천천히 폈다.

무황의 서늘한 눈길이 유가령에게 향했다.

곽위에게 최후의 일격을 날리려나 삽작스런 무황의 등장에 당황하여 물러난 유가령은 이내 평정심을 되찾았다.

운기조식을 하던 그가 깨어난 것은 놀라운 일이지만 몸 상태가 정상이 아니라는 것을 금방 파악한 것이다.

창백한 낯빛, 약간은 검은 입술, 이마에선 연신 식은땀이 흐르는 것이 몸에 들어온 독을 완전히 몰아내지 못한 것이 틀림없었다.

"어디선 온 놈들이냐? 루외루냐, 아니면 세외사패?"

무황이 유가령을 차분히 살피며 물었다.

당금 무림에 자신을 죽이기 위해 암계를 꾸미고 살수를 보낼 정도로 대담한 짓을 할 수 있는 세력은 세외사패와 루외루를 제외하곤 전무하다 해도 과언은 아니었다.

과거라면 천마신교까지 의심을 해볼 수 있었겠지만 현재 천마신교에겐 그럴 이유도, 여유도 없었다.

"궁금한 것은 염라대왕에게 물어봐라."

앙칼지게 외친 유가령이 채찍을 휘둘렀다.

축 늘어져 있던 채찍이 맹렬한 기운을 품고 비상했다.

채찍에 실린 힘이 예사롭지 않음을 확인한 무황의 눈에 놀라움이 일었다.

대담한 짓을 벌일 때 어느 정도 예상했지만 생각보다 유가령의 실력이 대단했다.

즉시 손을 뻗어 땅에 떨어진 곽위의 검을 끌어당긴 무황이 검면으로 채찍의 공격을 슬쩍 흘려 버린 뒤 유가령을 향해 걸음을 내딛었다.

고작 한 걸음을 내딛었을 뿐인데 유가령이 받은 압력과 위협감은 상당했다.

유가령은 지체없이 채찍을 회수하여 무황의 움직임을 묶으려 하였다.

뱀처럼 꿈틀대며 살아 움직이는 채찍의 변화는 눈으로 따라잡기가 힘들 정도였지만 무황에겐 문제될 것이 없었다.

다만 조금 전 곽위가 처한 상황처럼 그 역시 운기조식을 하고 있는 진산우로 인해 움직임에 제약을 받았다.

유가령은 진산우의 존재로 인해 멈칫거리는 무황의 움직임을 놓치지 않았다.

무황의 약점을 틀어쥔 유가령은 기회를 놓치지 않았다.

폭풍 같은 움직임으로 무황을, 그리고 진산우를 동시에 노렸다.

유가령의 공격을 막아내기 위해 무황은 그야말로 혼신의 힘을 다해야 했다.

급한 대로 운기조식을 마치기는 했으나 금린오공의 독은 여전히 그의 생명을 위협했고 독의 움직임을 제어하느라 평소 내력의 오 할도 사용하지 못하는 상태였다.

정상적인 몸 상태라도 가볍게 볼 수 없는 상대의 공격을 한정적인 움직임으로 막아야 한다는 것은 무황으로서도 상당한 부담이었다. 아니, 부담 정도가 아니라 불가능한 일이나 마찬가지였다.

그럼에도 무황은 진산우의 생명을 포기할 수 없었다. 그건 전대 수호령주에 대한 의리이자 무황으로서의 자존심 문제였다.

무황이 조금씩 평온해지는 진산우를 힐끗 바라보았다.

"내게 빚을 진 것이오, 령주. 뭐, 빚이야 그 녀석이 갚아주겠지만."

피식 웃는 무황을 보며 유가령은 전신에 소름이 돋았다.

어느 순간, 무황의 기운이 확 달라진 것을 느낀 것이다.

무황은 전신에 충만해지는 내력 이면에 급속도로 몸을 갉아먹는 독기를 느끼며 크게 심호흡을 했다.

진산우를 위해, 그리고 무황이란 이름을 지키기 위해 그는 스스로의 목숨을 포기했다.

꽈꽈꽝!

무황의 전신에서 뻗어 나간 기세에 지붕은 내려앉고 주변의 벽이 모조리 박살이나 흩어졌다.

어떤 결계라도 펼쳐져 있는 듯 진산우의 주변엔 먼지 하나 떨어지지 않았다.

"우웩!"

유가령이 허리를 꺾으며 검붉은 핏물을 토해냈다.

딱히 공격도 당한 것도 아니고 정면으로 맞부딪친 것도 아니었으나 전신을 강타한 무황의 기세는 그녀에게 상당한 내상을 안겼다.

'괴… 물.'

무황을 바라보는 유가령의 솔직한 심정이었다.

수많은 사형제 중 지금 느껴지는 무황의 실력에 버금갈 수 있는 사람은 사부를 제외하곤 많아봐야 두세 명 정도에 불과했다.

하나같이 인간이라고 여겨지지 않을 정도로 뛰어난 고수들이었으니 지금껏 무황을 얕보던 자신이 얼마나 어리석었는지 뼈저리게 느낄 수 있었다.

생각이 이어지기도 전, 무황의 검이 다가왔다.

지금의 무황을 가능케 만든 사공세가의 독문무공이자 산외산, 루외루와 함께 무림삼비, 혹은 무림삼외로 불리는 전외천의 가공할 무공.

무상심의검의 절초 앞에 유가령의 목숨은 폭풍 속에 흔들리는 가랑잎 신세나 마찬가지였다.

하지만 유가령 역시 산외산의 무인으로서 혹독한 수련을 통해 지금의 고수로 성장한 진정한 기재였다.

검과 부딪친 채찍을 통해 전해지는 어마어마한 충격, 전신을 스쳐 지나가는 칼날 같은 예기에 순식간에 온몸이 피로 물들었지만 정신을 잃지는 않았다.

이를 악물고 방어를 하며 반격의 기회를 엿보았다.

바로 그때였다.

그녀의 귓가에 난데없는 전음이 흘러들었다.

[합공한다.]

후미를 막고 있던 광목의 음성이었다.

이 층에서 올라오는 입구를 막고 있던 광목은 무황이 유가령을 궁지에 몰아넣고 있음을 눈치채곤 눈앞에서 몰려오는 적들에게 강력한 일격과 함께 몸에 지닌 암기를 한꺼번에 뿌려 시간을 번 뒤 유가령을 돕기 위해 움직였다.

전음이 끝나는 것과 동시에 유가령의 머리 위로 커다란 물체가 날아들었다.

광목에 의해 목숨을 잃은 형주유가의 제자였다.

무황을 향해 날아가던 시신은 무황이 뿌린 검기에 갈가리 찢기며 흩어졌다.

육편(肉片)과 붉은 피가 사방으로 뿌려지고 광목은 그것들을 방패 삼아 돌진했다.

"사형!"

유가령이 비명과도 같은 외침을 토해냈다.

무황의 신위를 감안했을 때 광목의 행동은 자살행위나

마찬가지였다.

하지만 망설일 시간은 없었다.

광목이 자신의 목숨으로 얻어낼 기회를 그냥 날려 버릴 수는 없었으니까.

유가령이 전신의 내력을 극성으로 끌어올려 채찍에 싣자 채찍의 주변에 투명한 강기가 어리기 시작했다.

무황의 눈에 사방으로 흩어지는 육편과 선혈을 뚫고 날아드는 광목이 들어왔다.

검과 하나가 된 광목은 한줄기 빛살이 되어 무황을 노렸다.

무황이 검에 내력을 담았다.

독기가 장기를 침범했는지 죽은피가 입을 통해 흘러내리기 시작했다.

그 영향으로 인해 검에 담긴 기운은 조금 전, 그 기세만으로 유가령을 질식하게 만들었던 위력과는 다소 차이가 보였다.

그래도 광목의 공격을 감당하기엔 충분했다.

꽝!

거대한 충돌음과 함께 빛살처럼 날아들던 광목의 검은 산산이 부서져 흩어졌다.

무황이란 이름에 걸맞은 압도적인 힘!

설마하니 자신의 공격이 이토록 무력하게 사라질 줄은 몰랐던 광목이 두 눈을 부릅뜬 채 피를 토하며 쓰러지고, 광목의 공세를 간단히 박살 낸 무황의 강기는 광목의 뒤를 따르는 유가령의 목숨까지 노렸다.

바로 그 순간, 힘없이 무너져 내리던 광목의 몸이 기적처럼 움직이며 무황의 품을 파고들었다.

무황이 급히 검을 회수하여 광목의 가슴에 검을 꽂았다.

고통에 크게 요동치는 광목의 몸.

그럼에도 광목은 손을 뻗어 최후의 일격을 감행했고 결국 무황의 한쪽 팔을 움켜잡는 데 성공했다.

무황이 피 묻은 얼굴로 회심의 미소를 짓는 광목의 얼굴에서 뭔가 이상함을 깨달았을 때 광목의 몸을 꿰뚫은 채찍이 그의 단전을 파고들었다.

본능적으로 광목의 팔을 뿌리친 무황이 채찍을 낚아챘다.

하지만 유가령의 전력이 담긴 채찍엔 엄청난 힘이 담겨 있었고 온몸을 잠식한 독으로 인해 내력이 급격히 사라지고 있던 무황은 채찍을 막아내지 못했다.

형언할 수 없는 고통이 밀려들었다.

무황이 단전을 꿰뚫은 채찍을 따라 시선을 움직였다.

가쁜 숨을 몰아쉬는 유가령의 모습이 들어왔다.

무황의 검이 천천히 움직였다.

죽음까지 거스른 무황의 기세에 압도된 유가령은 마치 거대한 올가미에 걸린 듯 아무런 행동도 하지 못했다.

그녀가 겨우 정신을 차린 것은 무황의 검이 그녀의 목덜미를 절반이나 파고드는 순간이었다.

"아!"

절망에 찬 눈빛으로 광목의 시신을 응시한 유가령이 마지막 힘을 다해 채찍을 움직였다.

단전을 관통한 채찍이 등 뒤에서 무황의 심장마저 뚫어버렸다.

무황의 몸이 서서히 무너져 내렸다.

유가령의 목에 깊숙이 박힌 검이 무황을 따라 아래로 이동했다.

"성주님!"

무황성의 무인들이 다급히 달려왔다.

그들은 검을 쥔 채 쓰러진 무황과 그 옆에 목이 잘려 쓰러진 유가령의 시신을 보며 그대로 굳어버렸다.

믿을 수 없는 현실 앞에서 아무도 입을 열지 못했다.

* * *

늦은 밤, 회의실에 모인 무황성의 수뇌들은 깊은 슬픔과 분노, 충격에서 헤어나오지 못했다.

한편으론 불안한 마음으로 지그시 눈을 감고 있는 노인의 눈치를 살피고 있었다.

노인의 이름은 사공추, 무황 사공백의 동생이자 현 사공세가의 가주였다.

"모두 기다리고 있을 테니 지금까지의 상황에 대해 간단히나마 설명을 해주게나."

회의를 주관하고 있는 대장로 희천세(希倩世)가 침통한 표정으로 앉아 있는 제갈명에게 말했다.

무황성에서 통용되는 법에 의하면 무황의 유고(有故:특별한 사정이나 사고가 있음) 시 대장로가 무황을 대신해 모든 회의의 주재 및, 전반적인 사안에 대한 최종 결정권을 행사한다고 되어 있었다.

무황이 암살당한 이후, 권력의 공백을 걱정한 무황성의 원로들은 대장로에게 무황을 대신할 것을 요구했고 희천세는 이에 응했다.

무황성 내의 그 누구도 희천세에게 권력이 집중되는 것에 대한 염려나 의심을 품진 않았다.

대장로라는 지위를 지니고는 있었지만 여타 세력과는 달리 무황성은 장로들의 영향력이 그리 강하지 않았다.

애당초 사공세가를 중심으로 하여 무황성의 네 기둥이라 일컬어지는 사대가문, 구파일방을 비롯하여 전통의 명문세가들의 연합체가 바로 무황성이기 때문이었다.

오히려 그들이 가장 어려워하는 곳은 사공세가였다.

후계자 문제로 인해 많은 내홍을 겪었다고는 해도 사공세가는 누가 뭐라 해도 무림 최고의 가문이었고 강력한 힘을 자랑했다.

근래 들어 사대가문이 위명을 떨치고는 있었지만 애당초 비교 자체가 되지 않는 힘을 지닌 곳이 바로 사공세가였다.

가급적 무황성 내부의 일엔 중립을 지키며 나서지 않던 사공세가가 전면으로 나섰고 그들이 힘을 실어준 사람은 희천세가 아니라 무황이 가장 아끼고 믿음을 주었던 군사 제갈명이었다.

사공세가의 의중을 거스를 이유가 없었던 희천세는 사건에 대한 모든 조사를 제갈명에게 일임한 상태였다.

"보고드릴 사안이 몇 가지 되진 않습니다."

자리에서 일어난 제갈명이 잔뜩 쉰 목소리로 입을 열었다.

쇠 긁는 소리가 영 듣기 거북했지만 무황의 시신 앞에서 그가 얼마나 처절하게 통곡을 했는지 지켜본 이들은 오히려 애잔한 얼굴로 제갈명을 바라보았다.

"우선 무황성 외곽의 조그만 마을에서 구금되어 있는 오 숙수의 식솔들을 찾아냈습니다."

곳곳에서 웅성거림이 들려왔다.

"그들을 구속하고 있던 자들은 어찌 되었나?"

사공추가 물었다.

"모조리 사로잡아 심문을 하고 있으나 그냥 뒷골목의 무뢰배들 같습니다. 누군가의 사주를 받고 그 집을 지키고 있었다고 합니다. 놈들이 그 집에 도착을 했을 땐 이미 오 숙수의 식솔들이 잡혀와 있었다고 하고요."

"음, 결국 가족들의 목숨으로 오 숙수를 위협했고 오 숙수가 음식에 독을 탔다는 가정이 맞는다는 말이군. 괴로움을 참지 못한 오 숙수가 스스로 목숨을 끊었고."

"예, 그 점은 의심할 여지가 없는 것 같습니다."

오 숙수의 성실함을 익히 알고 이들의 입에서 안타까운 탄성이 터져 나왔다.

"한데 오 숙수가 사용한 독의 정체는 확인이 되었나?"

"그것이 정확하지가 않습니다."

"정확하지 않다니? 성주님과 의협진가의 태상가주를 무력하게 만들 정도의 독이라면 예사로운 독이 아닐 터인데."

희천세가 잔뜩 찌푸린 얼굴로 물었다.

"지금 신의당(神醫堂)의 의원들이 최선을 다해 조사를 하고 있으니 곧 밝혀질 것입니다."

원로 자웅천이 입을 열었다.

"당가에도 도움을 청했다고 들었네."

"그렇습니다."

"그들은 뭐라고 하던가?"

잠시 머뭇거리던 제갈명이 대답했다.

"당가에선 금린오공의 독이 아닌가 의심을 하고 있습니다."

낯선 이름에 자웅천은 물론이고 대다수가 고개를 갸웃거렸다.

"금린오공이 무엇인가?"

"해남에서 자생하는 독물이라고 하더군요. 무림에 잘 알려지진 않았지만 당가에서도 주목할 정도로 위험한 독물이랍니다. 한데 문제는 성주님께서 드신 음식 중에선 금린오공의 독이 발견되지 않았다는 것입니다. 해서 당가도 쉽게 판단을 내리지 못하는 것 같습니다."

"그렇다면 금린오공의 독이 아니라는 말이잖나. 답답하군. 당가에서도 알지 못하는 독이라니."

천하제일 독문이라는 당가에서도 확인하지 못한 독의 출현에 다들 무거운 표정을 감추지 못했다.

무황까지 죽음에 이르게 한 무서운 독이 자신들을 향해

쓰일 수도 있다는 불안감 때문이었다.

"암살자들의 정체에 대해선 확인된 것이 있는가?"

사공추가 다시 물었다.

"그 또한 아직입니다. 천목에서 수집한 그 어떤 자료에도 이번 암살자와 일치되는 인물은 없습니다. 신천옹 쪽에도 도움을 청해봤지만 같은 결론이었습니다."

"그 얘기는 들었네."

사공추가 고개를 끄덕였다.

"가장 먼저 지존각으로 달려왔던 우리 쪽 아이가 무려 열둘이나 당했네. 함께 갔던 이 녀석의 말을 듣자니 일 초를 제대로 받아낸 아이들이 없다고 하더군."

형주유가의 가주 유진이 옆에 앉은 손자, 유좌의 어깨를 가볍게 짚으며 말을 이었다.

"변명처럼 들릴지 모르나 우리 아이들의 실력이 그렇게 약한 것은 아니라네."

누구도 부정하지 못했다.

사대가문 중에서 가장 약하다는 평가를 불식시키기 위해 그들이 얼마나 노력을 하고 있는지 모르는 사람은 없었다. 애당초 다른 가문에 비해 약세라고는 해도 어지간한 문파의 제자는 감히 명함도 내지 못할 정도로 강한 실력을 지닌 곳이 형주유가였다.

"그런데 암살자의 일 초식도 제대로 받아내지 못했다는 것은 놈의 실력이 그만큼 뛰어나다는 말이 되겠지."

신도세가의 대표격으로 앉아 있는 신도천이 말을 받았다.

"그랬으니 무황께서 당하신 것이겠지요. 제아무리 독에 중독되셨다고는 하나 한낱 암살범 따위에게 당하실 분은 아니지 않습니까?"

묘한 어감을 주는 신도천의 말에 사공추의 눈빛이 차가워졌으나 목숨을 잃는 순간까지도 암살범의 목을 취했던 무황의 모습을 직접 확인한 이들은 자신도 모르게 주먹을 불끈 쥐었다.

"음부곡의 살수라면 그 정도 실력을 지니고 있지 않을까? 게다가 루외루의 수족으로 밝혀지지 않았나?"

정의문의 원로 이교가 제갈명에게 물었다.

"과거라면 그런 의심을 했을 수도 있을 것입니다만 음부곡은 수호령수에게 철저히 괴멸되었습니다."

"군사는 어찌 생각하는가? 무림에 이 정도 실력을 지닌 살수, 혹은 살수단체가 남아 있을 것 같은가?"

이교와 나란히 앉아 있던 계립이 물었다.

"있을 수는 있겠지요. 하지만 그들은 아닌 것 같습니다."

"하면 결국 그놈들의 짓이라는 말이군."

이교가 탄식하듯 말했다.

회의실에 모인 이들 중 이교가 말하고자 하는 세력을 눈치채지 못한 사람은 아무도 없었다.

함부로 언급하기가 껄끄러워 서로 말을 돌리기는 했어도 애당초 범인은 정해져 있었다.

"세외사패. 아니지. 놈들의 배후로 의심되는 산외산이 더 정확하겠군. 맞나?"

"산외산의 정체가 확실하게 밝혀진 것은 아니니 세외사패라 칭하는 것이 좋겠습니다. 어쨌든 유력하기는 해도 그 또한 단정 지을 수는 없습니다."

제갈명은 조심스런 태도를 유지했다.

"최근 수상했던 그들의 행보를 감안했을 때 그 모든 것이 이번 계획을 위한 계략이란 생각이 드는군요. 모두들 저들의 기습적인 공격만을 조심했지 이토록 대범한 수를 쓰리라곤 생각하지 않았으니까요."

신도천의 말에 유진이 맞장구를 쳤다.

"따지고 보면 가장 효과적인 공격이라 할 수 있겠지."

유진의 말에 그렇잖아도 가라앉아 있던 회의실의 분위기가 극도로 침울해졌다.

"루외루일 가능성은 없는 것입니까?"

모두의 시선이 의문을 제기한 사람에게 향했다.

유진의 곁에 앉아 있던 유좌였다.

"루외루? 어째서 그리 생각하나?"

제갈명이 물었다.

"현 상황에서 세외사패를 의심하는 것은 너무도 당연합니다. 한데 그건 다시 말해 누가 계략을 꾸미든지 의심의 화살은 세외사패로 가게 된다는 말입니다."

"딴은 그렇군."

희천세가 호응했다.

"세외사패가 돌연 모든 움직임을 멈췄습니다. 내부의 문제일 수도 루외루의 존재를 의식해서일 수도 있습니다. 물론 오늘과 같은 음모를 꾸미기 위해서일 수도 있습니다. 하지만 세외사패의 이상스런 행보가 만약 정말로 내부에 문제가 생겼거나 혹은 루외루를 의식해서 벌어진 일이라면 가장 아쉬워할 곳은 당연히 루외루입니다. 무황성과 세외사패의 대립으로 가장 이득을 보게 되는 곳이기 때문입니다. 그리고 지금껏 드러난 그들의 힘을 감안해 볼 때……."

"오늘과 같은 일을 벌여 세외사패와 무황성을 충돌케 한다는 말을 하고 싶은 것인가?"

제갈명의 물음에 스스로의 논리에 자신이 있는지 유좌가 어깨를 쫙 펴며 대답했다.

"그렇습니다."

제갈명이 뭔가 얘기를 하려다 입을 다물자 회의실 한편에서 조심스런 음성이 흘러나왔다.

"한데 이상한 소문이 돌고 있습니다."

"소문? 무슨 소문 말인가?"

희천세는 별다른 의미를 두지 않고 물었다.

"지존각에서 살아남은 시비의 말이……."

순간, 제갈명이 황급히 그의 말을 틀어막았다.

"헛소문일 뿐입니다."

"아니지. 그렇게 단정 지을 문제는 아닐세."

지금껏 별다른 의견을 내놓지 않던 이화검문의 원로 한규가 입을 열었다.

한규가 나서자 제갈명의 눈빛이 미미하게 흔들렸다.

"시비의 증언에 대해선 이미 알려질 만큼 알려졌네."

"경황이 없는 상황에서 잘못 들은 것입니다. 그녀 역시 자신이 제대로 들은 것인지 확신할 수는 없다는 말까지 했고요."

"만약 제대로 들은 것이라면 어쩔 텐가?"

"원로님!"

"자네가 무슨 생각으로 소문을 차단하려는 것인지는 아네. 증언이 사실로 밝혀졌을 경우 일어날 후폭풍을 염려해서라도 확실한 사실 관계를 파악해야 한다는 것은 충분히 이해를 하고 동의를 하네. 하지만 최소한 이곳에 있는 사람들만이라도 진위 여부를 떠나 그녀가 어떤 증언을 했는지는 제대로 알고 있어야 하지 않겠나?"

회의가 시작하기 전부터 작심을 한듯 한규의 발언엔 거침이 없었다.

제갈명이 난감한 표정으로 침묵을 지키자 회의실 전체가 웅성거리기 시작했다.

사공추를 비롯하여 핵심 수뇌들은 이미 보고를 받았으나 대다수는 시비가 어떤 말을 했는지 알지 못했기 때문이었다.

'확실히 입단속을 했어야 했는데.'

제갈명은 내심 후회를 했다.

그가 무황의 시신 앞에서 통곡을 하고 슬픔에 잠겨 있을 때 벌어진 일이기는 했지만 좀 더 빠르고 냉철하게 대처를 했다면 지금과 같은 일은 충분히 막을 수 있을 터였다.

"설명을 해야 할 것 같군."

회의실 분위기를 살피던 사공추가 조용히 말했다.

"아직 확실하지도 않은 증언을 믿고……."

제갈명은 도움을 청하는 눈빛으로 사공추와 희천세를 번갈아 바라보았다.

그들이 어떤 대답을 내놓기도 전, 한규의 음성이 회의실을 울렸다.

“성주님의 손에 목이 잘린 계집이 죽기 전, 운기조식을 하고 있던 의협진가의 태상가주에게 뭔가를 말했다고 하더군요.”

“멈추십시오!”

제갈명이 벌떡 일어나 소리쳤다.

한규가 입가 가득 비웃음을 흘리며 말을 이었다.

“자신들은 약속을 지켰으니 이제 당신이 약속을 지킬 차례라고.”

사공추는 지그시 눈을 감았고 제갈명은 힘없이 자리에 주저앉았다.

무황의 죽음 이후, 무황성은 더없이 깊은 수렁에 빠지기 시작했다.

* * *

“루주님.”

자시가 훌쩍 넘은 시간, 막 침소에 들어 잠을 청하려던 공손후는 자신을 부르는 음성에 튕기듯 일어났다.

평소라면 아무리 급한 일이라 하더라도 지금 시간에 자신을 찾지는 않는다.

그런 전례를 깨고 처소를 찾았다면 그만큼 긴박한 일이 발생했음을 의미하는 것.

공손후는 자신이 기다리고 있는 소식이 전해졌음을 직감했다.

"잠시 기다려라."

간단히 옷을 걸친 공손후가 집무실로 걸음을 옮겼다.

집무실엔 공손유, 산외산과의 협상 때부터 그녀의 호위무사가 된 고운, 흑수파파, 그리고 비상 단주 환종이 기다리고 있었다.

"어서 오십시오, 루주님."

환종이 공손히 허리를 숙였다.

"이 시간에 나를 찾는 것을 보니 기다리고 있던 소식이 도착한 모양이군."

자리에 앉는 공손후의 얼굴에 기대감이 어렸다.

"그렇습니다."

"성공인가?"

"예, 대성공입니다."

"좋군. 설명을 듣고 싶은데……."

공손후가 고개를 돌려 기웃거리자 공손유가 웃는 얼굴로 물었다.

"주안상(酒案床)을 내오라 할까요?"

"그래야 하지 않겠느냐? 이좋은 소식을 그냥 들을 수야 없지."

"그러실 줄 알고 준비하라 일렀습니다."

공손유의 눈짓을 받은 시비가 얼른 달려가 미리 준비하고 있던 술상을 내왔다.

"자, 다들 한 잔씩 하지."

공손후가 흑수파파와 공손유, 환종에게 술잔을 건넸다. 그는 사양을 하는 고운에게까지 억지로 술잔을 들게 했다.

"세 사람 모두 고생들 많았다. 애썼어."

공손후는 산외산과의 협상을 성공적으로 이끌어낸 세 사람을 격려했다.

단숨에 잔을 비운 공손후가 아쉬운 듯 말했다.

"숙부님들도 계셨으면 좋았을 것을."

"너무 늦은 시간이라 연락을 드리지 않았습니다. 감기에 걸리셨는지 기침도 하시는 것 같고요."

공손유의 대답에 공손후는 크게 고개를 끄덕였다.

"잘했다. 건강부터 챙기셔야지. 바쁘더라도 자주 찾아뵙고 인사도 드리고."

"예."

공손규와 공손무가 부친과 더불어 자신의 가장 강력한 지지자임을 알기에 공손유는 다른 그 누구보다 각별히 그들을 생각하고 있었다.

"그래도 흑수파파가 함께라 아쉬운 마음이 덜합니다."

늦은 밤, 산책을 하다 얼떨결에 함께하게 된 흑수파파가 헛웃음을 흘리며 말했다.

"이 늙은이가 좋은 자리를 방해하는 것은 아닌지 모르겠습니다."

"이미 들으셨군요."

"예, 방금 들었습니다. 아무튼 큰 산을 쓰러뜨렸습니다. 감축드립니다, 루주."

"별말씀을."

가볍게 웃음 지어 보인 공손후가 환종에게 고개를 돌렸다.

"그래서, 무황의 숨통은 완전히 끊긴 것인가?"

"예, 산외산에서 보낸 암살자들과 양패구상을 했다고 합니다."

"자세히 듣고 싶군."

잔을 내려놓은 공손후가 흑표 가죽을 덮은 의자에 몸을 깊숙이 묻으며 말했다.

"시작은 오 숙수가 음식에 비선초의 가루와 성체가 되지 못한 금린오공의 독을 섞으면서 시작되었습니다. 독의 존재를 눈치채지 못한 무황은 아무런 의심도 없이 술과 안주를 먹었다고 합니다. 그가 독의 존재를 알아챈 것은 몸 안에서 만난 비선초 가루와 성체가 되지 못한 금린오공의 독이 극독으로 변하는 순간으로 추측됩니다. 무황은 물론이고 당시 함께 술을 마시던 의협진가의 태상가주 또한 중독이 되었습니다."

"의협진가의 태상가주는 어찌 되었나?"

"목숨을 구한 것으로 확인되었습니다."

"잘됐군. 계속해."

환종은 공손후의 손짓에 말을 이어갔다.

"지존각 아래층에서 오 숙수와 대기하던 두 명의 암살자는 무황이 중독된 것을 확인하곤 움직였습니다. 아, 그전에 오 숙수는 스스로 목숨을 끊었다고 합니다."

공손후의 몸이 순간적으로 움찔했다.

"오 숙수가 무황성에 몸을 담은 지가 육십 년이 넘었다고 했던가?"

질문을 던지는 공손후의 음성이 착 가라앉아 있었다.

"그렇습니다."

"오랜 세월이 흘렀군. 생각해 보면 참으로 못할 짓을 시켰어. 본인도 괴로웠겠지."

공손후는 진심으로 미안한 표정을 지으며 한숨을 내쉬었다.

"오 숙수의 가족은?"

"의심을 사지 않도록 완벽하게 조치를 취해두었습니다. 또한 그들은 이번 일에 대해 전혀 알지 못하니 그 어떤 피해도 가지 않을 것입니다."

"그래도 무황의 죽음에 개입을 하였으니 삶이 편치는 않을 터. 최대한 편의를 봐주도록 해."

"그리 조치하겠습니다."

공손후가 앞으로 숙였던 상체를 다시 뒤로 누이자 끊겼던 설명이 이어졌다.

"두 명의 암살자는 지존각을 호위하고 있던 호위대를 단숨에 쓸어버리고 무황의 거처를 공격했습니다. 주변에서 암습을 눈치챈 자들이 지존각으로 뛰어들었지만 그들은 임무를 나눈 암살자에게 막혀 막대한 피해를 당했습니다. 그 사이 나머지 암살자는 무황과 격전을 벌였습니다."

"격전? 독을 치료한 건가?"

공손후가 술잔을 들며 물었다.

"그렇지는 않습니다. 한시적으로 억제했다는 것이 맞을 것입니다. 그럼에도 뒤늦게 달려온 암살자까지 목숨을 걸고 합공했다는 것을 보면 엄청난 신위를 보인 것이 틀림없습니다. 무황의 몸을 잠식한 금린오공의 독이 무황을 괴롭히지 않았다면 이번 계획은 틀림없이 실패했을 것이라 했습니다."

"금린오공의 독에 중독된 상태, 게다가 우리가 원했던 암살자의 수준을 감안했을 때 무황이 얼마나 대단한 인물인지 확실히 알 수 있었습니다."

한 사람의 무인으로서 공손유는 무황의 실력에 진심으로 경의를 표했다.

"맞습니다. 무황이 운기조식을 하고 있는 의협진가의 태상가주를 끝까지 보호하지 않았다면 무황의 목숨을 빼앗는 것은 불가능했을 것입니다. 정면 대결을 피해 도망치기만 해도 방법이 없었을 테니까요."

공손후가 너털웃음을 내뱉었다.

"이거야 원. 그런 의도로 그들이 함께 있는 자리를 노린 것은 아닌데 결과적으로 잘된 일이었군. 게다가 목숨까지 부지했다고 하니까."

"그가 목숨을 구한 덕분에 우리의 계획은 더욱 완벽하게 마무리가 될 것 같습니다."

환종의 말에 고개를 갸웃거리던 흑수파파가 조심스레 질문을 했다.

"한데 의협진가의 태상가주가 목숨을 잃으면 어찌 되는 것입니까? 이 늙은이가 알기론 금린오공의 독을 견디기엔 그리 건강한 몸은 아니었습니다."

흑수파파는 공손후가 어째서 두 사람을 같이 노린 것인지 이해를 하지 못했다.

흑수파파를 비롯하여 루외루의 여러 수뇌는 이번 계획에 대해 자세히 알지 못했다.

큰 밑그림에 대해선 전달을 받았으나 세부 계획을 정확하게 파악하고 있는 사람은 공손후와 공손유, 환종을 비롯한 극소수 인원에 불과했다.

흑수파파의 의문에 환종이 공손히 대답했다.

"그건 상관없는 일이었습니다. 그가 살아 있든 그렇지 않든 간에 우리가 심어놓은 아이에 의해 이번 암살의 배후로 지목되게 되어 있으니까요. 살아 있으면 살아 있는 대로 암살의 배후로 지목받아 온갖 모욕을 받을 것이고 죽었다고 해도 달라질 것은 없었겠지요. 오히려 수호령주의 분노를 폭발시키기엔 더없이 좋았을 것입니다."

"마지막으로 한 가지 더 확실히 해야 할 일이 있지."

환종은 공손후가 말하고자 하는 바를 금방 눈치챘다.

"그 역시 조치를 취해두었습니다. 지금 당장은 지키는 눈이 워낙 많아 힘이 들겠지만 수호령주가 무황성에 도착할 즈음엔 일을 성사시키는 데 큰 무리가 없을 것입니다."

"일… 이라니요?"

공손유가 의혹에 찬 눈빛으로 물었다.

이번에도 환종이 대답했다.

"수호령주에겐 남들이 지니지 못한 괴이한 무공이 있습니다. 사람의 정신을 지배하여 마음대로 조종할 수 있는 대단한 사술이지요. 본 루에서도 이미 꽤나 많은 사람이 당하기도 했고요."

"아!"

공손유의 입에서 탄성이 터져 나왔다.

"그렇다면……."

"맞습니다. 의협진가의 태상가주를 암살의 배후로 지목한 시비가 수호령주에게 정신을 빼앗긴다면 이번 계획은 수포로 돌아갈 수 있습니다. 그전에 차단할 생각입니다."

공손유는 시비의 죽음을 직감했지만 곧바로 침묵했다.

수호령주의 사술이라는 말이 나왔을 때부터 그녀 또한 시비의 죽음이 반드시 필요한 절차라고 여긴 것이다.

"흐흐흐! 아무튼 무황이 고꾸라졌으니 무황성은, 아니, 무림은 그야말로 난리가 나겠군요. 게다가 배후로 의협진가가 지목되었으니."

흑수파파는 무엇이 그리 즐거운지 연신 웃음을 터뜨렸다.

"수호령주가 무황성에 돌아왔을 때 혼란은 극에 이를 것입니다. 아마 그가 돌아올 때까지는 태상가주에 대한 심문도 제대로 하지 못할 겁니다. 후환이 두려워서."

환종의 말에 공손유가 고개를 저었다.

"어쩌면 더욱 적극적으로 심문을 할지도 모르지요. 완벽한 증거를 움켜쥐고 있어야만 수호령주도 함부로 날뛰지 못한다는 생각을 할 수도 있습니다."

"그리만 된다면 더 바랄 게 없습니다. 수호령주의 성격상 만약 태상가주가 그런 핍박을 받았다면 결코 참지 않을 테니까요."

"에이, 놈의 오만이 하늘을 찌른다고 해도 무황이 죽은 마당에 함부로 날뛸 수 있을까? 무황성 놈들이 하나같이 병신도 아니고."

흑수파파가 회의적인 표정을 짓자 환종은 더욱 강하게 고개를 저었다.

"잊으셨습니까? 눈 하나 꿈쩍하지 않고 이화검문의 문주를 자진케 한 놈입니다. 그것도 무황성 내에서요. 상식이 통하는 놈이 아니지요. 그래서 더욱 기대가 됩니다. 거기에 부채질까지 조금 더 해줄 생각이니 지켜보시면 아주 재밌을 겁니다."

"부채질?"

"이제 곧 진 무림에 무황의 암살 소식이 퍼질 것입니다. 더불어 배후에 의협진가가 있다는 소문까지도요. 사실 여부를 떠나 많은 이가 의협진가를 욕하게 될 것입니다. 극단적인 행동도 서슴지 않겠지요. 가령 의협진가를 불태운다거나……."

"의협진가는 이미 우리에게 초토화가 됐잖아."

"수호표국이 알음알음 재건을 하고 있다고 하더군요. 해서 수호표국까지 손을 볼 생각입니다."

환종의 설명에 흑수파파가 살짝 굳은 얼굴로 말했다.

"자칫 우리의 정체가 노출될 수도 있어."

"설마요. 수호표국을, 의협진가를 공격하는 곳은 우리가 아닙니다. 무황성에 속한 몇몇 문파지요. 물론 우리의 입김이 작용을 하는 곳이지만."

"아하!"

그제야 모든 상황을 제대로 파악한 흑수파파가 진한 미소를 짓고 있는 환종에게 화내듯 소리쳤다.

"생긴 건 그렇지 않은데 음흉스럽기가 아주……."

"잠시만요. 이건 제 머리에서 나온 계획이 아닙니다."

흑수파파가 눈을 꿈뻑이자 억울하단 표정을 짓는 환종을 대신해 공손유가 웃으며 답했다.

"당숙조께서 세우신 계획이에요."

"아! 그렇… 군요."

공손무의 무표정한 얼굴을 떠올린 흑수파파가 약간은 떨

떠름한 표정으로 고개를 끄덕였다.

그런 흑수파파의 반응에 왁자하게 웃음이 터지고 분위기를 살려 저마다 술잔을 들었다.

그렇게 몇 잔의 술이 오간 후, 흑수파파가 문득 생각났다는 듯 물었다.

"그런데 저들이 정말로 의협진가를 의심할까요? 설사 시비의 증언이 있다고 해도 다른 곳도 아니고 의협진가인데."

공손후가 단숨에 술을 털어 넣으며 말했다.

"절대로! 권력 앞에선 드러난 사실도 외면하는 것이 인간입니다. 지금 상황에선 없는 사실이라도 만들어 의협진가를, 아니, 수호령주를 압박하게 되어 있습니다. 압도적인 힘을 자랑하는 대호가 존재하는 한 승냥이 떼는 결코 산을 차지 할 수 없는 이치라고나 할까요."

차갑게 웃은 공손후가 잔을 쥔 손에 힘을 주었다.

파스스스!

공손후의 손에 있던 술잔은 거인이 쓰러진 무황성의 암울한 미래를 예고라도 하듯 한 줌 먼지가 되어 흩어졌다.

47장

혼돈(混沌)

지존각에서 살아남은 시비의 증언을 전한 한규의 발언으로 인해 회의실은 그야말로 아수라장으로 변해 버렸다.

"한 원로의 말이 틀림없는 것이오?"

"시비의 증언이 사실이라면 암살 배후에 의협진가가 있다는 말이잖소!"

"이처럼 중요한 사실을 어째서 비밀에 붙인 것이오?"

"대체 무슨 의도를 가지고 증언을 숨긴 것인가!"

온갖 질문과 서친 항의가 제갈명에게 쏟아졌다.

일일이 대답할 기운조차 없었던 제갈명은 불처럼 일어났

던 회의실의 분위기가 가라앉기를 기다렸다.

하지만 한번 타오르기 시작한 불길은 좀처럼 사그라들지 않았다.

“자, 이제 그만 소란을 멈추시오. 군사의 대답도 들어봐야 하지 않겠소?”

희천세가 조심스레 중재를 시도했으나 이곳저곳에서 반발이 일어났다.

“대장로께서도 알고 계신 일이었습니까?”

“어째서 제대로 된 설명을 해주지 않은 것입니까?”

“무엇을 감추려고 하는지 명확하게 밝혀주십시오.”

제갈명에게 향했던 화살이 자신에게 방향을 돌리자 희천세는 난처함과 불쾌감을 감추지 못하고 입을 다물었다.

결국 보다 못한 사공추가 나섰다.

“다들 진정들 하시고 잠시만 조용히 해주시오. 이래서야 어찌 회의를 진행할 수 있겠소.”

사공추의 말이 끝나기가 무섭게 들불처럼 일었던 소란이 잦아들기 시작했다.

무황의 동생이자 사공세가의 가주, 확실히 희천세와는 비교할 수 없을 정도로 강력한 발언권을 지닌 인물이었다.

회의실의 분위기가 차분해지기 시작하자 자신이 붙인 불을 의미심장하게 지켜보고 있던 한규가 다소 볼멘 표정으로 말했다.

“진정할 수가 없습니다, 가주. 군사의 대답을 아직 듣지 못했습니다.”

사공추의 서늘한 눈이 한규에게 향했다.

“한 원로가 원하는 것은 제대로 된 군사의 대답이오, 아니면 이런 난장판이오?”

“난장판일 리가 있겠습니까? 그저 군사의 명확한 해명을 듣고 싶을 뿐입니다.”

“해명이라. 누가 들으면 군사가 큰 잘못이라고 저지른 줄 알겠군.”

“잘못이라면 잘못이지요. 성주님을 암살한 배후를 밝힐 결정적인 증언을 감춘 것 아닙니까?”

명백한 증인이 있기에 주도권은 자신에게 있다고 여긴 한규의 음성은 자신만만했다.

그런 한규를 다들 조마조마한 심정으로 바라보았다.

대다수의 사람은 수호령주에게 참담하게 문주를 잃은 이화검문의 불만이 의도치 않은 기회를 잡고 터져 나온다고 여겼다.

다만 상대가 좋지 않았다.

지금 그가 도발한 상대는 다름 아닌 사공세가의 가주였다.

무황에 비할 바는 아니나 그 역시 일대의 영웅.

게다가 이화검문이 사공세가의 가신가문이라는 것을 감안했을 때 한규의 태도는 어쩌면 상당한 논란을 가져올 수 있는 것이다.

"감춘 것이 아니라 보다 확실한 정황을 파악할 때까지 잠시 보류해 둔 것입니다."

분위기가 좋지 않게 돌아간다고 여긴 제갈명이 사공추를 대신해 나섰다.

한규의 입가에 조소가 피어올랐다.

"비겁한 변명 같군. 그런 결정적인 증언을 보류할 만큼의 정황이 있을 수 있단 말인가? 여러분은 어찌 생각하시오. 노부의 말이 틀리오?"

한규가 다른 이들의 동조를 구했다.

회의실에 모인 이들의 상당수가 한규의 발언에 지지를 보내자 제갈명의 입에선 절로 한숨이 흘러나왔다.

더 이상은 덮고 자시고 할 문제가 아니었다.

"어쩔 수 없군요. 제가 시비의 증언을 공표하는 걸 잠시 보류한 이유를 말씀드리겠습니다."

모두의 시선이 일제히 제갈명에게 쏠렸다.

"첫째, 당시 그녀는 호위대로부터 점혈을 당한 상태였고 극도의 공포감으로 인해 정신 상태가 온전하지 않았습니다. 둘째, 그녀와 나란히 쓰러져 있던 시비는 암살범의 말을 듣지 못했다고 하였습니다. 셋째, 의식을 회복한 의협진가의 태상가주께선 그녀의 증언을 전면 부인하셨습니다. 넷째, 객관적인 입장에서 의협진가는 성주님을 암살할 이유가 전혀 없습니다."

곧바로 반박이 터져 나왔다.

"죄송합니다만 군사님의 논리엔 약점이 많습니다."

제갈명에게 향했던 시선이 신도세가의 차기 가주로 사실상 내정된 신도천에게 향했다.

"그것이 무엇입니까?"

"첫 번째 의견이 가능하다고 보았을 때 그렇다면 두 번째 의견 역시 무시되어야 합니다. 아무런 말도 듣지 못했다는 시비 역시 극도의 공포감으로 인해 그럴 수 있는 것이니까요. 그리고 의식을 회복한 태상가주께서 부인한다고 그분의 의견이 사실이란 법도 없습니다. 막말로 범죄를 저지른 자가 처음부터 자백을 하는 것은 아니지 않습니까?"

"위험한 발언입니다."

"안타깝게도 증언이 나왔고 그 순간부터 태상가주의 모든 언행은 순수하게 받아들일 수 없으며 의심되어야 한다는 것을 강조하기 위해 예를 들었을 뿐입니다. 마지막으로 의협진가에서 무황을 암살할 이유가 전혀 없다고 하셨는데 맞습니다. 그건 저뿐만 아니라 여기 계신 거의 모든 분이 그리 생각할 것입니다."

신도천이 잠시 말을 끊고 주변을 둘러보았다.

"하지만 그렇기에 한 번 더 생각을 해봐야 하지 않을까요? 때로는 그러한 믿음 속에서 상상할 수도 없는 범죄가 시작되기도 하는 법이니까요."

"함부로 말씀하지 마십시오."

신도천이 의협진가를 무황 암살의 배후로 단정 짓는 듯한 발언을 하자 제갈명이 거칠게 항의했다.

"너무 흥분하지 마십시오. 말이 그렇다는 겁니다."

신도천이 여유있게 치고 빠져나가자 제갈명은 할 말을 잃었다.

사공추는 화를 삭이기 위해 애쓰고 있는 제갈명을 바라보았다.

평소의 냉철하고 언제나 여유를 잃지 않던 제갈명의 모습이 아니었다.

'확실히 충격이 컸던 모양이군.'

사공추는 무황의 죽음으로 인해 제갈명이 크게 흔들린다고 여겼다.

제갈명에게 힘을 실어주어야 한다고 판단한 사공추가 다시 입을 열었다.

"결국 현 상황에서 밝혀진 것은 시비의 증언뿐이오. 한쪽에선 확실한 증거라 하고 다른 한쪽에선 명확하지 않다고 하고 있소. 일단 시비의 증언은 제쳐둔다고 했을 때 현재까지 암살자들의 정체는 밝혀지지 않았고 그들이 사용한 무공 또한 아는 사람이 없소. 아, 암살범들이 사용한 무공은 일반적인 살수들이 사용하는 살예가 아니라는 보고가 올라왔소."

한규가 재빨리 끼어들었다.

"누가 보고한 것입니까?"

"지금 노부를 취조하는 것이오?"

사공추의 날카로운 눈빛에 자신이 선을 넘었다고 판단한 한규가 얼른 물러났다.

"그, 그건 아닙니다."

사공추가 지그시 한규를 노려보며 나름의 경고를 하고 있을 때 지금껏 침묵을 지키던 무당파의 장로 송월(松月)이 조용히 반론을 제기했다.

"암살자들의 정체가 확인이 되지 않으니 시비의 증언이 더욱 중요한 것이 아니겠습니까?"

회의실에 무거운 적막감이 찾아들었다.

태생적인 한계로 인해 사내가문의 반발은 사공세가에서 어느 정도 제어가 가능했으나 소림과 무당으로 대표되는

구파일방과 전통의 명문 세가들은 사공세가에서도 함부로 할 수가 없는지라 사공추가 어찌 반응을 할지 다들 숨죽이며 지켜보았다.

"그럼 송월 도장께선 어찌했으면 좋겠습니까?"

굳이 무당파와 각을 세울 이유가 없다고 판단한 사공추가 담담히 물었다.

"딱히 어찌하자는 말은 아닙니다. 다만 무조건 숨긴다고 해결될 일은 아니라는 것이지요."

송월 도장 역시 한발 물러났다.

회의실의 전체적인 분위기는 먼저 문제를 제기한 한규와 신도천, 송월 도장의 의견에 무게가 실리고 있었다.

이유야 어찌 되었든 시비의 증언을 숨긴 제갈명의 행동에 다소간의 의문과 함께 불만을 드러낸 것이다.

그것을 눈치챈 사공추가 탁자를 가볍게 내려치며 말했다.

"노부가 쓸데없이 얘기를 돌린 것 같소. 단도직입적으로 묻겠소이다. 여러분은 지금 시비의 증언을 토대로 의협진가의 태상가주를 이번 암살의 배후로 확정짓는 것 같소. 아니오?"

"확정은 아니지요. 다만 이렇게 감출 것이 아니라 정확한 조사가 필요하다는 것을 말씀드리는 것입니다."

모두의 지지를 얻었다고 생각한 한규의 음성엔 힘이 잔뜩 들어갔다.

"정확한 조사라. 태상가주를 심문이라도 하겠다는 말처럼 들리는구려."

"필요하다면 해야겠지요."

신도천이 착 가라앉은 음성으로 말했다.

"노도 또한 같은 생각입니다."

한규와 신도천에 이어 송월 도장까지 의견을 하나로 모으자 그 파급력은 상당했다.

세 사람의 의견이 곧 회의실에 모인 모두의 의견처럼 받아들여지기 시작한 것이다.

대세를 거스를 수 없다고 판단한 사공추가 세 사람을 보며 물었다.

"누가 하는 것이오?"

"예?"

한규가 이해하지 못했다는 얼굴로 되물었다.

"심문도 불사하겠다고 하지 않았소. 그 심문을 누가 하겠냐고 묻는 것이오."

"그건……."

한규가 난처한 얼굴로 말끝을 흐리자 신도천이 나섰다.

"당연히 이번 사건의 전권을 위임받은 군사께서……."

"군사는 정황상 시비의 증언이 확실하지 않다고 여기고 유보를 한 상태네. 그것을 뒤집자는 것은 그대들이고. 군사에게 심문을 강요할 수는 없다고 보네만. 아니, 그것보다는 확인을 하고 싶은 것이 있소."

사공추의 시선이 의협진가를 몰아붙이는 데 주도적으로 나서고 있는 세 사람은 물론이고 불만 가득한 얼굴을 하고 있는 이들에게 향했다.

"감당할 수 있겠소?"

사공추의 나직한 음성이 회의실을 울렸다.

"감당할 수 있겠느냔 말이오."

"무엇을 말씀하시는 것인지 이해가 가지 않습니다."

송월 도장이 말했다.

"애써 모르는 척하지 마시오. 이곳에 있는 모두가 알고 있소."

"……."

송월 도장이 붉어진 얼굴로 입술을 꽉 다물었다.

"그래도 정확한 대답을 원한다면 해드리겠소. 태상가주를, 의협진가를 암살의 배후로 단정 짓고 심문을 했을 때 수호령주, 그의 분노를 감당할 자신이 있느냐는 말이오."

곳곳에서 무거운 탄식이 터져 나왔다.

"아무도 몰랐던 루외루의 존재를 밝혀내고 그들의 거대

한 힘에 맞서 혁혁한 공을 세운 인물이오. 천마신교에서 벌어진 일은 굳이 거론하지 않겠소만 천마신교가 루외루의 수족으로 남아 있었을 경우 어떤 결과가 발생했을지 생각을 해보시오. 아니, 그것을 떠나 태상가주가 어째서 이곳에 와 있는 것이오? 홀로 루외루와 맞선 의협진가는 실로 막대한 타격을 입고 어쩔 수 없이 피해온 것이오. 노부가 알기로 태상가주는 이곳에 올 생각이 없었던 것으로 아오. 그럼에도 불구하고 이곳으로 온 이유는 수호령주의 힘이 절대적으로 필요한 성주님께서 그가 본가의 일로 다리가 묶일 것을 걱정하여 간곡히 요청한 결과요. 한데 그렇게 청한 태상가주를 암살의 배후로 지목하고 심문을 했다고 해보시오. 지금 이 순간도 무림을 위해 루외루, 세외사패와 싸우기 위해 혼신의 힘을 다하고 있던 수호령주가 납득을 할 수 있겠소? 여러분이 그라면 이해를 할 수 있겠소?"

사공추의 음성이 격해졌다.

그의 기세가 회의실을 가득 덮었다.

"무황성의 군사는 바보가 아니오. 시비의 증언을 영원히 묻어둘 생각도 당연히 하지 않았소. 하지만 그것이 얼마나 큰 파급력을 가져올지 알기에 신중에 신중을 기하는 것이란 말이오. 노부의 말이 틀리다면 반론을 해보시오."

사공추가 팔짱을 끼며 말했다.

서로의 눈치를 보는 회의실엔 무거운 침묵만이 흐를 뿐이었다.

사공추의 의견이 전적으로 옳아서, 그의 위세가 두려워서 그런 것은 아니었다.

수호령주의 분노를 감당할 수 있겠느냐는 사공추의 경고가 그들을 침묵하게 만드는 것이었다.

*　　*　　*

무황이 암살당했다!

이 충격적인 소식은 순식간에 전 무림에 퍼져 나갔다.

무림은 무황성의 성주이자 천하제일인으로 인정받는 무황의 죽음에 깊은 애도를 보내며 슬픔에 잠겼다.

하지만 슬픔도 잠시였다.

제갈명 등의 필사적인 노력에도 불구하고 무황 암살의 배후에 의협진가가 연루되어 있을 가능성이 있다는 소문은 엄청난 속도로 확산되어 모든 이를 우려케 하였다.

지금껏 감춰져 왔던 신비세력 루외루의 등장과 세외사패의 공격에 직면한 상황에서 벌어진 일이었기에 혹여 무황성과 의협진가, 정확히 말하면 무황을 능가하는 고수로 알려졌고 최근 들어 엄청난 활약을 하고 있는 수호령주가 반목하는 것은 아닌지 두려워하는 것이었다.

천마신교를 돕기 위해 남궁세가를 떠났던 진유검 일행도 무황의 암살 소식을 들었다. 이어진 소문까지도.

진유검은 즉시 발걸음을 돌려 무황성으로 향했다.

천마신교로 향할 때 대의를 따른다며 그와 함께했던 몇몇 문파의 제자들은 모두 남궁세가로 돌아갔고 전풍과 천강십이좌만이 뒤를 따랐다.

진유검은 무황의 죽음도 죽음이지만 암살의 배후로 지목받고 온갖 핍박을 받고 있을 조부와 식솔들을 떠올리며 잠시도 쉬지 않고 발걸음을 놀렸다.

그리고 지금, 십만대산에서 무황성으로 방향을 튼 지 단 나흘 만에 엄청난 거리를 주파하여 목적지를 코앞에 두고 있었다.

"주군, 조금 쉬는 게 좋겠습니다."

전풍이 정신없이 달리고 있는 진유검의 곁으로 다가와 말했다.

진유검이 전풍에게 고개를 돌렸다.

전풍이 조용히 손가락을 들어 조금 떨어진 곳에서 따라오는 천강십이좌를 가리켰다.

가장 체력이 강한 곽중은 그럭저럭 버티는 것 같았지만 문청공이나 조단, 여우희는 힘든 기색이 역력했다.

진유검의 입에서 나직한 한숨이 흘러나왔다.

아무리 상황이 급했다고는 해도 동료들에 대한 배려를 전혀 하지 못했다는 것이 너무 미안했다.

"그래, 잠시 쉬어 가자."

진유검이 고개를 끄덕이자 속도를 확 늦춘 전풍이 목청 높여 외쳤다.

"자자, 휴식입니다, 휴식."

전풍의 말이 끝나기가 무섭게 문청공과 조단이 휘청거리며 나무 그늘에 걸터앉았다.

숨이 턱 밑까지 차오른 여우희는 이마를 타고 흐르는 땀을 닦으며 옷매무새를 만졌다.

"죄송합니다. 마음이 급해서 제 생각만 했습니다."

진유검이 문청공에게 다가와 사과를 했다.

"허허허! 당연한 것을요. 그런 소식을 듣고도 마음이 급하지 않는다는 것이 이상하지요. 오히려 폐만 끼치게 되어 죄송합니다."

"이해를 해주시니 고마울 뿐입니다."

"그나저나 우리들이 늙기는 늙은 모양입니다. 저 녀석은 아직도 쌩쌩한데."

조단이 오만상을 찌푸리고는 있지만 아직까지는 버틸 여력이 충분해 보이는 곽종을 가리키며 말했다.

"내력이야 우리가 앞선다고 해도 체력이야 비교할 바가 아니지 않는가. 젊은 녀석이 당연하지."

문청공이 연신 물을 들이켜며 말했다.

"저 친구도 제법인데요."

문청공이 건넨 물주머니를 받아 든 여우희가 무이산에서부터 그들과 함께한 무황성의 정보요원 어조인을 가리켰다.

연신 숨을 할딱이며 입에선 게거품까지 물고 있었지만 일행 중 무공 실력이 가장 처지는, 아니, 비교조차 할 수 없는 그가 지금까지 따라붙은 것만 해도 충분히 인정해 줄 만했다.

"제, 제가 다른 것은 몰라도 겨, 경공술 하나는 자신 있습니다. 제가 속한 곳에서 하는 일의 특성이 그런 것이라요. 하지만 태어나서 이런 강행군은 처음입니다. 저, 정말 죽을 것 같습니다."

어조인은 금방이라도 숨이 넘어갈 것 같은 표정으로 숨을 헐떡이다 아예 대자로 누워 버렸다.

수호령주는 물론이고 천강십이좌만 하더라도 제대로 쳐다보기 힘들 정도의 인물들이었지만 예의를 차리고 자시고 할 여유가 그에겐 없었다.

"쉴 때 쉬더라도 그쪽 분위기가 어떤지 얘기는 해줘야 할 것 아뇨."

전풍이 어조인의 옆에 앉으며 말했다.

고개만 까딱 쳐든 어조인이 손짓을 했다.

"아시잖습니까? 어젯밤 이후로 별다른 연락을 받지 못했습니다."

"확실한 거요?"

"예."

"이제 곧 무황성에 도착할 것 같으니까 그런 모양이네."

곽종이 말했다.

"대충 얼마나 남은 거요?"

전풍이 곽종에게 물었다.

"반나절이면 도착할 것 같은데."

어딘지 자신 없어 하는 곽종의 대답에 어조인이 힘겹게 상체를 일으켰다.

"이 속도라면 두 시진 이내에 도착합니다."

"흠, 제법 남은 줄 알았는데 바로 코앞이네. 이쪽 지형은 알 수가 없어서 말이지. 그런데 틀림은 없는 거요?"

"예, 저 산만 넘으면 멀리서나마 무황성의 불빛을 볼 수 있을 겁니다."

어조인의 말을 들은 진유검이 움찔했다.

"그럼 바로……."

전풍이 조급한 마음에 엉덩이를 들썩이는 진유검의 팔을 잡아끌었다.

"반각도 안 됐습니다. 누굴 잡으려고요."

"……."

진유검이 한숨을 내쉬며 자리에 앉자 최대한 편안한 자세로 앉아 있던 문청공과 조단이 몸을 일으켰다.

"호흡만 돌아왔으면 되었지. 뭘 더 바라? 령주님의 마음도 헤아려야지. 아직까지는 별다른 문제는 없는 것 같아도 무황성이 워낙 안개 속 정국이라 서두르는 게 맞아. 흘러가는 분위기도 영 좋지 않고."

문청공의 말에 모두의 얼굴이 어두워졌다.

어조인을 통해 암살범에 대한 정보는 여전히 오리무중이며 시간이 흐를수록 암살의 유력한 배후로 의심받는 태상가주에 대한 심문을 시작해야 한다는 의견이 대세를 이루고 있음을 전해 들었기 때문이었다.

"만약 태상가주님께서 심문이라도 당하고 계시면 어찌해야 하는 겁니까?"

곽종이 진유검의 눈치를 보며 물었다.

"그걸 말이라고 하쇼! 주군이, 태상가주님께서 누구 때문에 그 고생을 하고 있는 것인데. 심문은 무슨 얼어 죽을 심문! 만약 그랬다간 무황성이고 뭐고 없소. 모조리 쓸어버릴 거요."

전풍은 불같이 화를 냈지만 진유검은 의외로 냉정했다.

"무황께서 암살을 당하신 마당에 사소한 증언이라도 흘려버릴 수는 없겠지. 심문은 이해를 한다."

"주군!"

전풍이 이게 무슨 개소리냐는 듯한 얼굴로 진유검을 쳐다보았다.

"하지만 심문은 말 그대로 심문에서 끝나야 하는 것이지. 만약 그 이상의 짓을 했다면……."

진유검은 조용히 입을 다물었다.

차갑게 빛나는 그의 눈빛을 확인한 일행은 심장이 오그라드는 공포를 느껴야만 했다.

'제발 멍청한 짓은 하지 않았기를.'

문청공은 빌고 또 빌었다.

*　　*　　*

현재 무황성에서 가장 주목을 받고 있는 군사부.

지존각에서 벌어진 참사 이후, 며칠째 뜬눈으로 밤을 지새운 제갈명의 몰골은 말이 아니었다.

"조금이라도 쉬시지요. 그러다 몸 상하시겠습니다."

제갈명이 가장 신임하는 수하 동환(東環)이 걱정스런 얼굴로 말했다.

제갈명을 대신하여 천목을 지휘하는 그의 몰골 또한 상당히 피폐해져 있었으나 의협진가의 태상가주를 심문해야 한다는 온갖 압력을 한 몸에 받고 있는 제갈명에 비할 바는 아니었다.

"쉬고 싶어도 쉴 수가 없어. 몸은 이리 피곤한데 잠을 청하면 오히려 정신이 말똥말똥해지거든. 생각할 것도 많고 말이야."

제갈명이 씁쓸히 웃자 동환이 한숨을 내쉬었다.

그가 생각하는 이상으로 제갈명은 심리적으로 큰 압박감을 받고 있는 것 같았다.

"곧 도착을 한다고 했던가?"

"예, 이르면 술시(戌時:밤 7시─9시)무렵에 도착할 것 같습니다."

"그래, 결국 오는군. 후~ 며칠이 정말 몇 년 같았어. 아무튼 그가 왔으니 어떤 식으로든 결론이 나겠지."

"군사님께서 너무 애쓰셨습니다. 만약 태상가주께 무슨 문제라도 생겼다면……."

동환은 생각만으로도 끔찍한지 몸을 부르르 떨었다.

"그런데 걱정입니다. 저들이 아주 단단히 마음을 먹은 것 같습니다."

동환은 누구보다 강력하게 태상가주에 대한 심문을 주장했던 이화검문, 신도세가 등을 떠올리며 이를 부득 갈았다.

"자기들 스스로는 나서서 심문을 하겠다는 말도 못하면서 말이지요."

동환은 태상가주에 대한 심문을 주장하면서도 정작 결정적인 순간에선 발을 빼는 듯한 그들의 이중적인 태도에 질릴 대로 질린 모습이었다.

"이해할 만은 하지. 수호령주가 어떤 인물인지를 조금이라도 생각을 한다면."

제갈명이 쓴웃음을 지었다.

"그러면서 왜 저리 난리인 줄 모르겠습니다. 게다가 군사께서 어째서 조사를 뒤로 미루셨는지까지 자세하게 밝히셨는데요."

"애당초 그들에게 중요한 것은 성주님의 암살이나 의협진가가 아니었으니까."

"예?"

동환이 눈이 동그래졌다.

"저들 중 의협진가가 그런 짓을 벌일 곳이 아니라는 것은, 또 그럴 만한 이유도 상황도 되지 않는다는 것을 모르는 사람은 없네."

"그런데 어째서……."

"암살에 대한 의혹을 제기하면서 의협진가에, 정확히 말하자면 수호령주의 위상에 흠집을 내기 위함이지."

동환은 제갈명의 말이 이어질수록 더욱 이해할 수 없다는 표정을 지었다.

"저들이 궁극적으로 노리는 것은 의협진가나 수호령주가 아니네. 그들이 원하는 것은 무황성의 정점, 무황이야."

순간, 동환은 그대로 얼어붙고 말았다.

비로소 지금의 혼란스런 정국이 이해가 가기 시작했다.

"차기 무황 선출에 대한 주도권을 잡겠다는 거군요?"

"글쎄. 주도권이라기보다는 주도권을 잡을 만한 사람을 배제하기 위함이라고나 할까?"

"수호… 령주를 말씀하시는 겁니까?"

"그렇지. 성주님께서 목숨을 잃으신 지금 무황성에서 가장 막강한 권한을 지닌 사람은 대행인 희천세 대장로가 아니라 수호령주라네. 무황성과 관련된 모든 일에 대한 감찰권과 사법권을 지녔으니 그야말로 무소불위의 힘을 지닌 셈이 아닌가. 만약 그가 자신이 지닌 힘으로 무황 선출에 관여를 하기 시작한다면 어찌 될 것 같은가?"

"난리가 나겠군요. 세외사패로 인해 잠시 덮어두긴 했지만 애당초 수호령주가 움직인 것이 바로 그 후계 문제 때문이었으니까요. 이제야 정확히 이해가 됩니다. 이화검문이나 신도세가는 워낙 뒤가 구린 상황이라 저리 난리를 피는 것이군요."

"맞네. 하지만 저들이 수호령주의 엄청난 반발을 각오하면서까지 저리 강하게 나오는 것은 단순히 뒤가 구리기 때문만은 아닐 것이야."

"하면 다른 이유라도 있는 것입니까?"

동환이 침을 꿀꺽 삼키며 물었다.

"자네가 보기에 차기 무황으로 가장 유력한 사람은 누구인 것 같은가?"

동환의 입에서 곧바로 대답이 흘러나왔다.

"일단 사대가문에서 내세우는 후보자들이 유력할 것 같고 화산과 무당이 지지하는 무엽 도장도 가능성이 높겠지만 개인적으론 남궁세가의 가주가 차기 무황이 될 가능성이 가장 높다고 봅니다."

"어째서?"

"우선 사대가문은 사공세가와 무황의 직계들이 의문의 죽음을 당하는 과정에서 많은 이로부터 의심을 받고 있습니다. 수호령주의 활약으로 인해 이화검문이나 신도세가의 잘못은 어느 정도 드러난 상태고요. 수호령주가 본격적으로 나서지 않는다고 해도 자신들을 내세우기는 부담스러울 것입니다."

"무엽 도장은?"

"화산과 무당의 강력한 지지를 바탕으로 인지도를 높이고는 있지만 오히려 그로 인해 발목을 잡힐 가능성이 높습니다. 개인의 능력보다는 두 세력이 주목을 받음으로써 자칫 그들의 꼭두각시로 전락할 수도 있다는 우려를 낳을 것입니다. 그에 반해 전통의 명문세가이자 강남 무림의 절대적인 지지를 받고 있는 남궁세가의 가주 남궁결은 인품이나 실력면에서도 타 후보자들을 압도하는 것 같습니다. 몇몇 주목을 받는 후보자가 있기는 하지만 큰 의미는 없다고 봅니다."

"제대로 파악을 하고 있군. 하지만 정말 중요한 후보를 빼놓고 있어."

"예? 그런 후보가 있습니까?"

제갈명의 칭찬에 나름 뿌듯해하고 있던 동환이 눈을 동그랗게 뜨고 되물었다.

"있지. 차기 무황에 가장 근접한 인물이."

동환은 혹여 자기가 빼놓은 인물이 있는지 차분하게 되돌아보았다.

한참을 생각하던 동환은 고개를 흔들었다.

"아무리 생각해도 모르겠습니다. 대체 사대가문의 후보

자나 남궁세가의 가주를 능가하는 후보가 누구란 말입니까? 있다면 사공세가뿐인데 안타깝게도 그들에겐 더 이상 적당한 후보가 없습니다. 몇몇 인재가 가능성을 보이긴 해도 너무 어리지요."

"조금 더 범위를 넓혀보게. 자네는 이미 알고 있어."

제갈명의 입가에 의미심장한 미소가 지어졌다.

"하지만 그런 인물이……."

동환의 말이 끊겼다.

동공은 점점 확대되었고 입은 쩍 벌어졌다.

"서, 설마!"

"이제 알았군."

"저, 정말 수호령주란 말입니까?"

도저히 믿겨 하지 않는 음성이었다.

"그래, 그렇기에 저들이 그런 무리수를 두는 것이네. 다른 사람은 몰라도 수호령주가 무황이 되는 것은 어떻게든지 막아야 한다는 생각에."

"어떻게 수호령주가 무황이 될 수 있다는 것입니까? 그게 가능한 것입니까?"

"근래 들어 수호령주의 명성이 어떤가를 떠올려 보게. 게다가 세외사패의 준동이 시작된 지금, 사람들은 강력한 무황을 원하고 있지."

동환은 인정할 수 없다는 듯 거칠게 고개를 흔들었다.

"후보가 되기 위해선 무황성의 장로나 호법 다섯 명으로부터 추천을 받아야 합니다. 아마도 사대가문에서 목숨을 걸고 막겠지요. 그들의 영향력을 감안했을 때 함부로 거스를 사람은 없을 것입니다."

"사대가문이 아무리 영향력을 행사해도 그를 추천할 사람은 생각보다 많아. 당장 사공세가 쪽에서 움직이기만 해도 다섯 사람을 모으는 것은 일도 아니지. 설사 그를 추천하는 사람이 없다고 해도 그 또한 상관없네. 잊었나? 무황마저도 갖지 못한 수호령주만의 특권을."

"추… 천… 권."

동환이 중얼거리듯 내뱉었다.

"맞아. 수호령주의 추천을 받은 사람은 이유 불문하고 후보가 될 수 있지. 그리고 그 수호령주의 지위는 오직 의협진가에게만 주어진 권리라 할 수 있는 것이고."

"가문의 누군가에게 수호령주를 넘기고 추천을 받는다는 말이군요."

"스스로 추천을 할 수도 있는 것이지."

"……."

놀란 눈을 치켜뜬 동환은 입을 열지 못했다.

"자, 이제 다시 묻지. 수호령주가 후보자가 된다는 가정하에 과연 어떤 후보가 차기 무황에 가장 유력하다 보나?"

"당연히 수호령주입니다."

동환은 생각할 것도 없다는 얼굴로 소리쳤다.

"하지만 그 모든 전제는 수호령주가 무황이 되기를 원할 때 벌어지는 일이 아닙니까? 제가 지켜본 바에 의하면 그는 명예나 권력 따위에 조금도 연연해하는 인물이 아닌 것 같았습니다. 사대가문이 처음부터 너무 호들갑을 떠는 것은 아닐는지요."

"과연 그럴까?"

제갈명이 묘한 웃음을 지으며 되물었다.

"예? 무슨……."

"원한다고 되는 것이 아니고 때로는 원하지 않는다고 해도 될 수밖에 없는 경우가 있지. 지금 경우가 그래. 성주님께서 암살을 당하신 지금 무림은 그야말로 풍전등화의 위기에 처해 있네. 후계자 자리를 놓고 얼마나 많은 혼란과 다툼이 있을 것이라 보는가? 지금 저들에겐 아직 제대로 된 정체를 드러내지 않은 루외루나 잠시 물러난 세외사패는 안중에도 없네. 그저 무황성의 권력을 잡기 위해 혈안이 되어 있을 뿐이지. 그 혼란을 잠재우고 무황성을, 무림을 하나로 결집시킬 수 있는 인물은 오직 수호령주뿐이란 생각이네."

"하면 군사께선 처음부터……."
제갈명이 고개를 저었다.
"내가 아니라 성주님께서 그리 생각하셨네."
"예? 무황께서요?"
"그래, 성주님께선 차기 무황으로 수호령주를 생각하셨네. 루외루나 세외사패 나아가 산외산과의 싸움은 결코 쉽게 끝날 싸움이 아니었으니까. 보다 강력한 무황의 탄생만이 그들과의 싸움에서 승리를 할 수 있다고 믿으셨지. 그래서 몇 가지 안배를 하셨고. 물론 지금과 같은 상황을 예상하신 것은 아니나 결과적으론 탁월한 선택이셨어."
동환은 그 안배가 무엇인지 묻고 싶었으나 어찌 된 일인지 입이 떨어지지 않았다.
"사공세가가 그를 지지할 것이네. 더불어 소림도 동의를 했다네."
동환의 입이 쩍 벌어졌다.
사공세가야 그렇다 쳐도 지금껏 침묵을 지키던 소림이 수호령주를 지지한다는 것은 실로 엄청난 의미를 지닌 것이다.
무황성이 무림을 떠받치는 실체적인 힘이라면 소림은 무림의 정신적 기둥.
소림의 한마디는 사공세가 이상의 파급력을 지녔다고 해

도 과언은 아니었다.

"이제 알았나? 수호령주가 원하지 않더라도 그는 무황의 후보자가 될 수밖에 없네. 아무리 명예와 권력에 대한 욕심이 없는 수호령주라도 성주님의 유지(遺志:죽은 사람이 생전에 이루지 못한 뜻)를 쉽게 외면하기는 힘들 테니까. 그래서 저 난리인 것이야. 아까도 말했듯이 저들은 의협진가가 그런 짓을 벌일 이유가 없다는 것을 알고 있네. 그저 암살의 배후로 몰아붙여 수호령주가 아예 후보에 나서지 못하도록 차단하려는 것이지."

"결국 시비의 증언을 완전히 무시할 수 없다는 것이 가장 큰 문제로군요."

"확실히 그렇네. 저들도 그것을 알기에 집요하게 파고드는 것이라네. 사실 여부를 떠나 시비의 증언은 수호령주가 무황이 되는 것을 막을 수 있는 유일한 무기라 할 수 있을 테니까."

무겁게 고개를 끄덕이는 제갈명.

무황성, 나아가 무림의 미래를 걱정하는 그의 얼굴엔 수심이 가득했다.

*　　　*　　　*

"지금 뭐라 하였나? 시비를 제거하자고 한 건가?"

한규가 어이없는 표정으로 신도천을 바라보았다.

자리를 함께한 나머지 두 사람도 당황하긴 마찬가지였다.

"시비의 증언은 수호령주를 옭아맬 수 있는 거의 유일한 무기네. 한데 그 무기를 우리 스스로 없애자는 말인가?"

유진을 대신해 회합에 참여한 형주유가의 장로 유기(柳寄)는 이해할 수 없다는 얼굴로 고개를 갸웃거렸다.

"신도세가의 후계자요, 차기 무황의 가장 강력한 후보인 사람이 그런 말을 할 때는 분명 이유가 있겠지요. 노부의 말이 틀린가?"

정의문의 이교가 천천히 술잔을 들며 물었다.

"그랬으면 좋겠군. 설명을 해보게. 어째서 그 시비를 없애야 한단 말인가?"

흥분을 가라앉힌 한규가 다시 물었다.

"만일 그 시비가 증언을 뒤집으면 어쩌시겠습니까?"

신도천이 세 사람에게 반문했다.

"뭐라?"

"자기가 착각을 했다거나 잘못 들었다고 번복을 했을 때 다른 방법이 있느냐 묻는 것입니다."

"이제와서 증언이 번복된다고 그걸 누가 믿겠나? 설사

증언을 번복한다고 하더라도 의협진가를 두둔하는 사공세가나 제갈명 등이 꾸민 일이라 의심을 하겠지."

유기가 회의적인 표정을 지으며 반박했다.

"의심을 한다고 해도 어쨌든 시비의 증언은 번복되는 그 순간부터 아무런 효과도 발휘하지 못합니다. 그건 곧 더 이상 의협진가를 압박할 수 없다는 것을 의미하는 것이지요."

"충분히 일리가 있는 말 같네. 의협진가를, 아니, 수호령주를 차기 무황으로 내세우려 하는 사공세가나 제갈명은 어떻게든지 시비의 증언을 뒤집기 위해 노력했을 것이네. 회유를 하든 협박을 하든 온갖 방법을 동원했겠지. 그리고 힘없는 어린 계집이 버틴다는 것은 사실상 불가능한 것이고."

"제갈명의 음흉함을 감안하면 충분히 가능해. 어쩌면 이미 작업이 끝났을 수도 있겠군."

한규가 이를 갈며 거칠게 술잔을 들었다.

"아직 그 시비를 없애야 하는 이유를 말하지 않았네. 대충 짐작은 가네만."

이교의 말에 신도천이 엷은 웃음을 흘렸다.

"증언이 번복하는 되는 것과 증언만을 남긴 채 증인이 아예 사라지는 것 중 어떤 것이 효과가 있을까요?"

신도천의 말에 유기가 즉시 반응했다.

"그렇군. 증인이 사라지면 남은 것은 그 시비의 증언뿐. 번복할 방법이 없으니 우리로선 계속해서 공격을 할 무기가 남는 것이군."

"오호라!"

상황을 이해한 한규가 탄성을 터뜨렸다.

"게다가 사공세가와 제갈명은 불리한 증언을 없애기 위해 오히려 증인을 없앴다는 의심을 사게 될 것입니다."

"그렇겠지. 다른 사람들이야 속 깊은 상황을 제대로 파악하지 못하고 있을 테니."

"결과적으로 시비가 사라지면 저들은 지금의 상황을 뒤집을 방법이 없습니다. 우리 쪽은 물론이고 무당과 화산파 쪽에서도 강력하게 책임 추궁을 하기로 약속했으니 사공세가나 제갈명도 더 이상은 태상가주를 옹호하지 못할 것입니다."

신도천의 확신에 찬 목소리는 다른 세 사람에게 믿음을 심어주기에 충분했다.

"그런데 무당과 화산파의 다짐은 확실하게 받은 것인가? 기왕이면 구파일방이 모두 한목소리를 냈으면 좋겠는데."

유기의 말에 신도천이 고개를 끄덕였다.

"예, 단단히 다짐을 받았습니다. 게다가 이번에 우리 쪽에서 무황이 선출되면 차기에는 그들을 밀어주겠다는 언질을 주자 흔쾌히 협력하겠다고 하더군요."

차기 무황을 넘겨주겠다는 말에 세 사람의 표정이 살짝 굳는 듯하자 신도천이 얼른 말을 이었다.

"걱정하지 마십시오. 그냥 언질만 했을 뿐 약속을 한 것은 아닙니다."

"허허허! 아무렴 그래야지. 노부는 자네가 약속을 어기려 하는 줄 알고 깜짝 놀랐네."

이교가 너털웃음을 터뜨리자 나머지 두 사람도 굳었던 표정을 풀었다.

무황이 암살을 당한 직후, 수호령주라는 강력한 상대를 만난 사대가문은 이미 차기 무황으로 신도세가, 즉, 신도천을 밀기로 약속을 한 상태였다.

사실 여기에도 각 가문의 이해관계가 엇갈렸다.

이화검문은 가주를 비롯하여 상당한 전력을 수호령주에게 잃고 후보라 할 수 있는 문진마저 수호령주에 의해 몸이 망가지면서 모든 뜻을 접은 상태였고 정의문은 소가주 이유보다는 그의 아들 이군학에게 기대를 걸고 차기를 보장받는 선에서 신도천을 지지하기로 약속했다.

형주유가의 유표도 세인들의 입에선 나름 유력한 후보로 오르내리긴 하였으나 애당초 가문의 힘에서 차이가 크기에 양보를 할 수밖에 없었는데 정의문으로 인해 차기 무황의 자리까지 보장받지 못하는 상황이 되자 신도세가는 가히 상상도 할 수 없는 막대한 재물을 약속하면서 형주유가의 지지를 이끌어냈다.

"상황을 보아하니 나중에 저들이 이를 문제 삼을 수도 있겠군."

"상관있겠습니까? 어차피 배는 떠난 것을요."

"그런가? 하긴, 떠들어봤자 제 놈들 입만 아플 뿐이지."

이교와 신도천이 마주 보며 웃었다.

"그런데 시비를 제거할 방법은 있는 것인가? 경비가 제법 삼엄하다는 얘기를 들었네만."

한규가 물었다.

"있으니까 얘기를 꺼낸 것이겠지. 노부의 말이 틀린가?"

유기의 질문에 신도천이 의미심장한 미소를 지으며 고개를 끄덕였다.

"이미 준비는 끝났습니다. 결행만 하면 됩니다."

* * *

집법당과 마주하고 있는 별관.

밤이 되자 별관 앞에 화톳불이 활활 타오르고 낮에 비해 배는 많은 경비 병력이 주변을 에워쌌다.

무황성의 법을 집행하는 곳이기는 하지만 죄수들이 갇혀 있는 뇌옥도 아니고 단순히 별관에 불과한 곳을 지키는 병력치고는 유난히 많았다.

이유는 간단했다.

지금 별관에 온 무림의 이목을 집중시킨 무황의 암살 사건의 유일한 목격자이자 유일한 증인이 머물고 있기 때문이었다.

그런 별관을 한눈에 내려다볼 수 있는 집법당의 가장 높은 창문에 두 사람이 모습을 보였다.

한 사람은 집법당 부당주 고학이었고 다른 한 명은 집법당의 죄수들이 가장 두려워한다는 뇌옥의 간수이자 고문 기술자 육통이었다.

"준비는 되었느냐?"

고학이 날카로운 눈빛을 빛내며 물었다.

"예, 이각 후에 경계병들이 자리를 이동합니다. 그때 별관 내부 경계를 서게 되는 놈들이 바로 제가 준비한 놈들입니다."

"행여나 포로가 되는 일은 없어야 할 것이다."

"시비 년의 목숨을 취하는 것과 동시에 제 놈들도 자결을 하게 되어 있습니다. 포로가 될 일은 절대로 없습니다."

"걱정 안 해도 되는 것이겠지?"

"예, 걱정 마십시오. 놈들의 가족의 목숨이 제 손에 있습니다. 새끼들의 수만 모두 열둘이지요. 새끼들의 목숨 살리려면 어찌해야 하는지 확실하게 주지시켜 놓았습니다. 한 놈만 살아도 모조리 죽인다고 했으니 알아서들 하겠지요."

"수고했다."

육통의 일처리가 마음에 들었는지 고학은 만족한 미소를 지으며 고개를 끄덕였다.

"아, 그런데 잡아놓았다던 가족은……."

"무황성 외곽의 장원에 은밀히 구금해 놓았습니다. 일이 끝나는 것과 동시에 장원을 불태워 모조리 처리할 생각입니다."

"화장이라. 괜찮은 생각이군."

"더불어 가족을 납치한 놈들까지 같이 처리할 생각입니다. 루에서 직접 보내준 친구들이라 그런지 일처리가 아주 매끄럽더군요. 흔적도 전혀 남기지 않고요."

"어련하려고."

"아, 그런데 부당주님."

"말해라."

"별관에 거주하는 계집종들은 어찌합니까? 한꺼번에 처리를 해야 하는 것입니까? 일단 시비 년만 제거하라고 얘기는 해두었습니다만."

"되었다. 행여나 지체하다 문제가 생기면 곤란하니 목표물만 제거하면 바로 자결을 시켜."

"알겠습니다. 하면 바로 시작하겠습니다."

"그래."

명이 떨어지고 잠시 후, 집법당을 나선 육통이 별관 앞에 모습을 드러냈다.

낯선 이의 등장에 긴장을 하던 경계병들은 별관에 접근한 사람이 육통임을 확인한 후 가볍게 손을 들어 인사를 했다.

"오랜만이야. 다들 애쓰는고만."

"애는 무슨. 우리들이 해야 할 일인걸."

육통과 비교적 안면이 있는 고참 경계병 가온이 대수롭지 않게 대꾸했다.

"그런데 왜 이리 소란스러워?"

"교체 시간이야."

"아, 그렇군."

고개를 끄덕이는 육통의 시선이 때마침 별관 내부로 진입하는 경계병들과 마주쳤다.

육통과 시선을 교환한 경계병들의 몸이 가볍게 떨렸지만 그것을 인지한 사람은 아무도 없었다.

"그러는 자넨? 집법당에 다녀가는 길인가?"

가온이 경계병이 손짓으로 서두르라는 신호를 보내며 물었다.

"그래, 뇌옥 일로 당주님을 뵈러 왔는데 회의에 참석하러 가신 모양이야."

"요즘 상황이 상황인지라 무척이나 바쁘시더군. 그래도 부당주님은 계실 텐데."

"그렇잖아도 뵙고 오는 길이네. 당주님을 대신하느라 피곤하신 것 같아서 간단히 인사만 드리고 나왔지."

"바로 뇌옥으로 돌아가는 건가?"

"그래야지. 난 이곳보다 뇌옥이 편해."

육통의 말에 가온이 쓴웃음을 지었다.

"그 외진 곳이 뭐가 좋다고."

"그곳에선 내가 왕이니까."

죄수들 사이에서 육통이 어떻게 불리는지 익히 들어 알고 있던 가온은 쓴웃음을 지었다.

"아무리 죄수라고 해도 적당히 하게. 지나치면 역풍을 맞는 법이야."

"그깟 죄수 놈들에게 역풍은 무슨 얼어 죽을. 아무튼 고생들 해. 난 그만 가네."

"다음에 보면 술이나 한잔하세."

"그러든가."

육통은 건성으로 대답을 하곤 몸을 돌렸다.

별관 담벼락 따라 걸음을 옮기는 육통.

흐느적거리며 걸을 때마다 그의 허리춤에 매달린 온갖 도구가 부딪치며 요란한 소리를 냈다.

"뭐를 저리 매달고 다니는 거랍니까?"

육통을 잘 알지 못하는 신참 경계병이 소리가 거슬리는지 인상을 박박 쓰며 물었다.

"고문 도구."

"예? 고문… 도구요?"

신참 경계병이 두 눈을 동그랗게 뜨고 되물었다.

"행여나 죄를 지을 생각은 버려. 적당한 수준이라면 모를까 크게 사고를 치며 바로 저 친구를 만나게 될 거야. 염화미소(拈華微笑) 육통을 말이야."

가온이 신참의 어깨를 가볍게 두드리며 자리로 돌아갔다.

신참은 염화미소가 대체 무슨 의미인지를 생각하느라 잠시 동안 멍하니 서 있었다.

그래서 그런지 고문 도구가 부딪치며 나는 소리가 더욱 선명하게 들려왔다.

바로 그때, 고문 도구가 부딪치는 소리와는 비교도 되지 않을 정도로 소름끼치는 비명이 별관을 뒤흔들었다.

앞서 가던 육통의 발걸음이 그대로 멈췄다.

천천히 몸을 돌리는 육통의 얼굴은 딱딱히 굳어 있었다.

'너무 빠르다.'

자신의 사주를 받은 경계병들이 내부로 진입을 했지만 아직 일을 벌일 시간은 아니다.

무슨 일인지 확인을 해야 했다.

황급히 발걸음을 돌린 육통이 별관 입구에 도착했을 땐 이미 그곳은 난장판이 되어 있었다.

전령으로 보이는 자들 몇 명이 하얗게 질린 얼굴로 사방으로 흩어지는 것이 보였고 별관을 지키던 경계병들은 당황스러움에 어쩔 줄을 몰라 하고 있었다.

조심스레 별관을 살피던 육통은 자신도 모르게 주먹을 꽉 움켜쥐었다.

별관 내부에서 자신이 사주한 경계병들이 멀쩡히 걸어 나오는 것을 확인한 것이다.

'빌어먹을!'

최악의 상황.

그들은 절대 살아서는 안 되는 자들이다.

육통이 스산한 살기를 내뿜으며 자신들을 향해 다가오자 경계병들은 당황스러움과 간절함이 가득한 눈빛으로 고개를 저었다.

그들의 행동에 뭔지 모를 이상함을 느낄 때 조금 전, 얘기를 나누었던 가온이 낭패한 얼굴로 걸어 나왔다.

"무슨 일인가?"

"안 갔나?"

"그 소리를 듣고서야……."

육통이 말꼬리를 흘리며 턱짓으로 별관 내부를 가리켰다.

"일났네. 저 미친놈들이 제대로 사고를 쳤어."

"사고라니? 서, 설마!"

"맞아. 시비가 죽었네."

가온이 땅이 꺼져라 한숨을 내쉬었다.

"대체 어떤 놈이 그런 짓을 저질렀단 말인가?"

육통의 음성이 살짝 떨렸다.

자신이 사주한 자들이 일을 벌인 것인지 아니면 다른 누군가가 사고를 친 것인지 정확하게 판단을 하지 못하고 있기 때문이었다.

"방금까지 경계를 서던… 아닐세. 나중에 얘기하지."

별관을 향해 다급히 달려오는 일단의 사람을 확인한 가온이 얼른 입을 다물었다.

하지만 앞서 언급한 단 몇 마디 말로 인해 시비의 죽음이 자신이 사주한 자들과 관계가 없음을 간파한 육통은 안도의 한숨을 내쉬었다.

'대체 어떤 놈들이 시비를 죽인 것이지?'

상관은 없었다.

누가 했든 손도 안 대고 코를 푼 격이니까. 다만 덕분에 새로운 고민거리가 생겼다.

'저놈들을 어찌한다?'

육통의 서늘한 눈빛이 불안에 떨고 있는 세 명의 경계병에게 향했다.

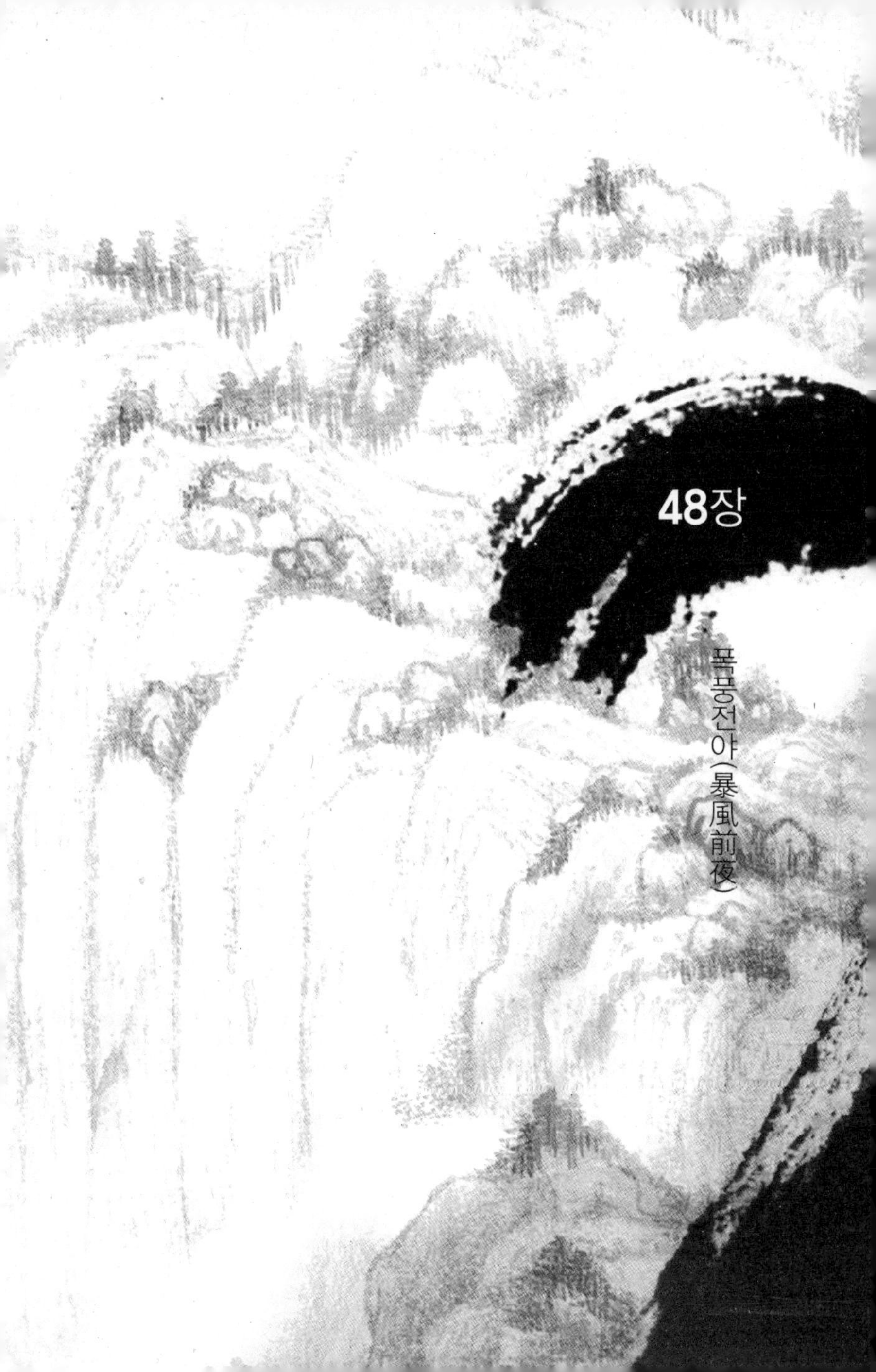

48장

폭풍전야(暴風前夜)

무황의 암살 사건이 벌어진 지 닷새째, 무황을 중독시킨 독을 밝혀내기 위해 혼신의 노력을 기울인 당가가 마침내 독의 정체를 밝혀냈다.

소식은 이내 무황성 전체로 퍼져 나갔고 수많은 사람을 회의실로 모이게 만들었다.

"금린오공이라는 독물을 아십니까?"

무황성에 상주하는 장로 당호(唐豪)를 대신하는 약관의 청년 당응룡(唐應龍)의 음성이 회의실에 울려 퍼졌다.

곳곳에서 웅성거리는 소리가 들려왔다.

얼마 전까지만 해도 전혀 생소한 이름이었으나 당가가 무황을 중독시킨 독으로 가장 먼저 언급하면서 이제는 모르는 사람이 없을 정도였다.

"결국 금린오공의 독으로 밝혀진 것인가?"

희천세가 떨리는 음성으로 물었다.

"그렇습니다. 금린오공의 독입니다."

"금린오공이라면 일전에도 언급했다고 들었는데 어째서 지금에서야 확신을 하는 것인가?"

무황의 암살 소식을 접하고 급히 무황성으로 달려온 신도세가의 가주 신도장이 약간은 불신 어린 표정으로 물었다.

"그 이유를 지금부터 말씀드리도록 하겠습니다."

당가의 현 가주 당암(唐岩)의 둘째 아들이자 어릴 적부터 용독술(用毒術)에 탁월한 능력을 보여주었던 당웅룡은 자신만만했다.

"저는 처음부터 이번 암살 사건에 쓰인 독이 금린오공의 독이라 판단했습니다. 단순한 언급 정도가 아니라 확신이었습니다. 군사껜 이미 말씀을 드렸지요."

제갈명이 인정한다는 듯 고개를 끄덕였다.

"다만 어떻게 하독을 한 것인지 그 경로가 전혀 파악이 되지 않았기에 정확한 발표를 뒤로 미룬 것뿐이었습니다.

우선 이것을 주목해 주시지요."

당응룡이 바짝 마른 약초를 흔들어 보였다.

"비선초라고 합니다."

그의 한 마디 한 마디에 회의실에 모인 모두가 숨죽이고 주목했다.

당응룡은 그들의 시선을 만끽하며 차분히 말을 이어갔다.

"비선초는 해남도에서 자생하는 약초입니다만 약방보다는 민간에서 음식을 조리할 때 쓴다고 하는군요. 잡내를 제거하는 데 탁월한 능력을 발휘한다나요."

가볍게 농을 던진 당응룡은 주변의 반응이 별로 좋지 않자 약봉지 하나를 재빨리 꺼내 들었다.

"문제는 바로 요놈입니다."

회의실에 모인 이들의 시선이 당응룡이 내놓은 약봉지로 향했다.

"금린오공의 독입니다. 성체가 되지 못한 금린오공의 독."

금린오공의 독이라는 말에 행여나 중독이라도 될까 다들 두려운 얼굴로 약봉지를 응시했다.

"그러나 이건 독으로써 전혀 효과가 없습니다. 본가에서 알려온 대로라면 오히려 정기가 부족한 사내들에겐 상당히 좋은 약이 될 수 있다고 하는군요."

당응룡이 약봉지에 들어 있는 가루를 손가락 끝으로 비비며 말했다.

"다만 바로 이것."

당응룡이 비선초를 다시 집어 들었다.

"이 비선초의 가루와 만나게 되면 성질이 완전히 변합니다. 금린오공의 성체가 지닌 독과 같은 극독으로 바뀌게 되는 것이지요."

당응룡이 제갈명에게 시선을 돌렸다.

"지금 당 공자의 손에 들린 비선초는 오 숙수의 주방에서 찾아낸 것입니다. 시비들의 얘기에 의하면 그동안 꾸준히 사용을 했다고 합니다."

제갈명의 부연 설명이 끝나자 흐뭇한 얼굴로 당응룡을 바라보던 당암이 천천히 입을 열었다.

"오 숙수의 주방에서 찾아낸 약초가 해남도에서만 자생하는 비선초임을 알아본 것이 결정적이었습니다. 중원에선 찾아볼 수 없는 비선초가 오 숙수의 주방에서 나왔다는 것은 분명 어떤 의미를 지닌 것이라 본 것이지요. 즉시 본가에 연락을 취해 비선초의 또 다른 쓰임새에 대해 문의를 했으나 본가에서도 별다른 점은 찾아내진 못했습니다. 대신 전서구가 날아올랐지요. 이곳이 아닌 지금 해남도에서 활

동하고 있는 본가의 식솔들에게."

당가가 중원은 물론이고 세외의 오지까지 식솔들을 보내 새로운 독을 찾아내고 또 그것을 연구하기 위해 애쓴다는 것을 알고 있던 이들의 입에서 탄성이 터져 나왔다.

"몇 번의 전서구가 오가고 해남도에 있는 식솔들의 필사적인 노력 끝에 비선초와 금린오공 사이에 알려지지 않았던 비밀 하나가 밝혀졌습니다. 어떤 비밀인지는 방금 웅룡이 말씀드린 대로입니다."

당웅룡이 자부심 가득한 얼굴로 말을 받았다.

"본가의 연락을 받은 저는 비선초의 가루를 오 숙수의 주방에 있는 온갖 양념과 배합하는 실험을 해보았습니다. 그리고 마침내 단 한 방울로 황소를 쓰러뜨린 극독, 금린오공의 독을 찾아낼 수 있었습니다."

당웅룡이 비선초와 성체가 되지 못한 금린오공의 독을 어깨위로 치켜 올렸다.

"오 숙수는 각기 다른 음식에 비선초 가루와 성체가 되지 못한 금린오공의 독을 첨가하였습니다. 성주님께선 별다른 의심 없이 음식을 드셨고 성주님의 몸속에서 하나로 배합되며 극독으로 변한 것입니다. 성주님과 의협진가의 태상가주께신 바로 그런 식으로 금린오공의 독에 중독이 되셨습니다."

당응룡의 설명이 끝나자 당가의 집요하고 헌신적인 노력에 대한 찬사가 곳곳에서 터져 나왔다.

누구보다 고마워한 사람은 사공세가의 가주 사공추였다.

"고맙소. 당가의 노력 덕에 형님을 쓰러뜨린 독의 정체를 알게 되었소. 암살범의 배후를 밝히는 데도 큰 도움이 되리라 믿소. 사공세가는 당가의 고마움을 가슴 속에 새길 것이오."

사공추가 당암을 필두로 독의 정체를 알아내기 위해 며칠 동안 제대로 쉬지도 못하고 애쓴 당가에게 진정 어린 감사의 인사를 전했다.

"허허허! 의당해야 하는 일이었습니다만 가주께서 그렇게까지 말씀해 주시니 그동안의 노고가 말끔히 사라지는군요."

당암은 오늘의 일이 장차 당가에 큰 도움이 되리라 여기는 듯 웃음을 감추지 못했다.

"성주님을 쓰러뜨린 독의 정체와 그 독이 어떤 경로를 통해 복용하게 되셨는지는 확실해졌소. 이제 두 가지만 더 규명하면 되는구려."

형주유가의 가주 이호연의 말은 잠시 들떴던 회의실의 분위기를 무겁게 가라앉혔다.

이호연의 시선이 제갈명에게 향했다.

"우선 그 암살범들의 정체 말인데 놈들에 대해선 아직도 밝혀진 것이 없는가?"

"예, 천목과 신천옹은 물론이고 개방의 도움까지 받아보았지만 아직 별다른 성과는 없습니다."

"허! 개방까지 나섰음에도 밝히지 못했다면 앞으로도 밝혀낼 가능성은 거의 없다는 말이로군."

"며칠 되지 않았습니다. 조금만 더 기다려 주시지요. 다들 최선을 다하고 있으니 곧 좋은 소식이……."

"한가한 소리를 하시는군요."

얼마 전 스스로 목숨을 끊은 문일청과 폐인이 된 형 문진을 대신해 이화검문의 문주가 된 문회가 제갈명의 말을 냉정하게 끊었다.

"예?"

제갈명이 불쾌감이 역력한 표정으로 되물었다.

"성주님을 중독시킨 독도 중요하고 암살범의 정체도 중요합니다. 하지만 이번 사건에 있어 그것은 단지 부차적인 요소일 뿐입니다. 가장 중요한 것은 누가, 어떤 세력이 이 사건의 배후에 있느냐는 것이겠지요."

"그 얘기는 뒤로 미루기로……."

제갈명의 말은 이번에도 끊겼다.

문회가 언성을 높이며 따지듯 물었다.

"수호령주가 도착을 하면 무엇이 바뀌는 것입니까? 그가 도착하면 없던 증거라도 생기는 것입니까?"

"생길 수도 있고 있던 것들이 사라질 수도 있겠지."

"어쩌면 모든 사건이 유야무야될 수도 있는 노릇이고."

신도장과 유진이 슬며시 끼어들며 문회의 주장에 힘을 보탰다.

무황성에 상주하던, 그저 명목상 각 세력을 대표하던 이들과 사대가문 수장들의 존재감은 비할 바가 아니었다.

그들이 시비의 증언을 본격적으로 거론하기 시작하고 다른 문파의 수장들까지 한 마디씩 거들자 제갈명이 받는 압박감은 이전과는 차원이 달랐다.

바로 그 시점에 시비의 죽음이 회의실에 알려졌다.

"군사님!"

회의실 문을 벌컥 열고 들어선 동환의 모습에 제갈명의 안색이 확 변했다.

동환이 무황성과 각 문파의 수장들이 모인 자리에 이토록 무례하게 난입한다는 것은 분명 큰 변고가 발생했음을 의미하는 것이었다.

"무슨 일인가?"

"시, 시비가… 지, 지존각의 시비가 죽었습니다."

"지금 뭐라 했는가? 누가 죽어?"

벌떡 일어난 제갈명이 경악에 찬 얼굴로 물었다.

"지존각의 시비가 살해당했습니다."

제갈명의 몸이 순간적으로 휘청거렸다.

"지금 그 얘기 확실한 것이냐?"

사공추가 조용히 물었다.

"그렇습니다. 지금 막 연락이 왔습니다."

"음."

사공추의 입에서 침음이 흘러나왔다.

시비의 죽음이 던진 충격파가 거대한 폭풍이 되어 회의실에 휘몰아쳤다.

집법당 별관, 싸늘하게 식어버린 네 구의 시신을 보며 제갈명을 비롯한 무황성의 수뇌들은 할 말을 잃었다.

"어찌 된 것인가?"

제갈명이 분노가 가득한 얼굴로 물었다.

"죄송합니다, 군사님. 뭐라 드릴 말씀이 없습니다."

무황성의 경비를 책임지는 경비대장 추모언이 힘없이 고개를 떨궜다.

"죄송하다는 말을 듣고 싶은 것이 아니네. 어째서 이런 일이 벌어진 것인지 이유를 알고 싶은 것이야."

"그, 그것이……."

추모언은 연신 말을 더듬었다.

사실 집법당 앞에 도착한 시간이 제갈명과 별 차이가 없기에 그 역시 제대로 된 보고를 받지 못한 것이다.

“목과 가슴, 배. 쯧쯧, 잔인한 놈들! 아주 작심을 했군.”

신의당 당주 심완(深頑)이 시비의 시신을 찬찬히 살피며 혀를 찼다.

“즉사했겠어. 세 놈이 동시에 치명상을 안겼네.”

제갈명에게 시비의 사인을 간단히 설명한 심완이 시비 옆에 누워 있는 경비대원들의 시신을 살피기 시작했다.

“스스로 목숨을 끊은 것인가?”

“예, 그리 들었습니다.”

“맞는 것 같군. 치명적인 사인을 제외하곤 별다른 외상은 없어 보여.”

“치명적 사인은 무엇입니까?”

제갈명이 물었다.

“심장에 검상으로 보이는 깊은 상처가 있네. 시비를 죽인 후, 아마도 저 비수로 자신의 심장을 찌른 것 같군.”

심완이 시신 옆에 나란히 놓여 있는 비수를 가리켰다.

“맞나?”

제갈명의 물음에 추모언을 대신해 집법당 경계를 맡고 있던 경비대 삼조장 구인발이 초췌한 얼굴로 대답했다.

"그렇습니다. 동료들의 말에 의하면 스스로 목숨을 끊었다고 합니다."

"자넨 누군가?"

"경비대 삼조장 구인발입니다."

"자네가 현장에 있었나? 정확한 상황을 알고 싶군."

"저는 집법당에 머물고 있어서 사건을 제대로 보지 못했습니다. 대신 별관을 지키던 수하 중 하나를 데리고 오겠습니다."

"그리하게."

제갈명의 허락을 얻은 구인발이 데리고 온 사람은 육통과 수다를 떨었던 고참 경비대원 가온이었다.

"자네가 저들의 죽음을 직접 보았나?"

"예, 보았습니다."

가온이 바싹 얼어 대답했다.

"시비를 죽이는 것도?"

"그건 아닙니다. 비명이 들려 달려갔을 땐 시비는 이미 목숨을 잃은 상황이었습니다."

"저들이 스스로 목숨을 끊은 것은 맞는 것인가?"

"그렇습니다."

제갈명과 나란히 서 있던 희천세가 물었다.

"제압하려 했느냐?"

"예?"

"놈들이 도주하지 못할 상황이 되니까 목숨을 끊은 것은 아니냐는 말이다."

자꾸만 꼬여가는 상황이 답답했는지 희천세의 언성이 절로 높아졌다.

"아닙니다. 저희가 접근하자 몇 마디 유언을 남기곤 마치 약속이라도 한듯 바로 목숨을 끊었습니다."

"저희라면 혼자 본 것이 아니로군. 몇 명이나 함께 있었나?"

제갈명의 눈빛이 살짝 달라졌다.

"저 친구들이 스스로 목숨을 끊는 장면이라면 별관을 지키던 대부분의 경비대원이 보았습니다."

"그렇군. 그런데 지금 유언이라고 했나?"

"예, 딱히 유언이라고 하기엔 뭣하지만 저 비수로 심장을 꿰뚫기 전 몇 마디 말을 남겼습니다."

"무슨 말을 남겼나?"

제갈명이 다급히 물었다.

"그게……."

가온이 대답을 망설이자 희천세의 노호성이 터져 나왔다.

"무슨 말은 남겼는지 묻지 않느냐! 당장 말을 하여라!"

희천세의 기세에 놀란 가온이 뒷걸음질 치다 엉덩방아를 찧었다.

"자, 자신들의 행위는 무림의 정기를 지키기 위해, 무림의 대의를 위해서 하는 행동이란 말을 했습니다."

"대의? 별……."

희천세가 너무 어이가 없어 말을 잇지 못할 때 엉거주춤 일어난 가온이 주변의 분위기를 살피며 다시 입을 열었다.

"시, 시비의 증언은 무황성과 의협진가를 이간질시키려는 적들의 간악한 음모이며 사대가문을 비롯한 군소문파들은 여기에 놀아나선 안 된다고 하였습니다."

가온은 자신을 바라보는 무황성 수뇌들의 눈빛이 살벌해지는 것을 느끼곤 두 눈을 질끈 감았다.

그래도 아직 전하지 못한 말이 있기에 억지로 말문을 열었다.

"끄, 끝으로 자신들은 누구의 사주나 충동질이 아니라 오직 무림의 정의를 위해서 간악한 시비를 처단하는 것이라 했습니다. 그 증거로 스스로의 목숨을 끊는다며 비수로 심장을 찔렀습니다."

"저들의 유언 또한 혼자 들은 것은 아니겠고."

제갈명의 읊조림에 가온이 얼른 대답했다.

"그렇습니다. 모두 함께 들었습니다."

가온의 설명이 끝나자 제갈명은 괴로운 표정으로 관자놀이를 지그시 눌렀다.

그야말로 최악의 상황이었다.

경비대원들이 나름의 명분을 가지고 시비를 해쳤다지만 시비의 죽음은 많은 이에게 의혹을 살 수밖에 없고 의심의 눈초리는 자신과 세공세가, 의협진가로 향하게 되어 있었다.

시비가 목숨을 잃었다고 그녀가 했던 증언들이 사라지는 것도 아니었다.

경비대원들의 미친 짓으로 인해 그녀의 증언은 결코 번복할 수 없는 오히려 확고한 증거가 되어버렸다.

무엇보다 제갈명은 이번 사건이 경비대원 셋이 자발적으로 벌인 짓이라고 전혀 생각하지 않았다.

'누가 시킨 것인가? 세외사패? 루외루? 아니면…….'

제갈명의 날카로운 시선이 사대가문의 가주들과 각 문파의 수장들을 훑고 지나갔다.

찰나지간, 제갈명은 문회의 뒤쪽에 서 있던 한규의 입가에 미소가 스쳐 지나가는 것을 놓치지 않았다.

'당했군.'

비로소 깨달았다.

수호령주가 도착하기 직전, 사대가문은 시비의 입을 영

원히 막아버림으로써 어떤 상황에서도 그녀의 증언이 번복되는 일이 없도록 사전에 조치를 취한 것이다.

경비대원들에게 사대가문을 비난하게 함으로써 의심의 눈초리까지 완벽하게 피하면서.

지그시 입술을 깨문 제갈명이 동환을 불렀다.

"동환."

"예, 군사님."

"경비대원들이 유언을 남기고 스스로 목숨을 끊었다고는 하나 차분히 생각해 보면 수상한 점이 많다. 최소한의 조사는……."

제갈명의 말은 그를 향해 달려오는 전령에 의해 끊기고 말았다.

"군사님!"

다급하기 그지없는 전령의 모습을 보며 제갈명의 표정이 다시금 일그러졌다.

또 다른 일이 터진 것이 틀림없었다.

"무슨 일이냐?"

동환이 제갈명을 대신해 물었다.

전령이 달려오던 속도를 늦추지 않고 목청을 높였다.

"수, 수호령주께서 도착하셨습니다."

순간, 은연중에 제갈명을 비웃던 이들의 입가에서 미소

가 사라졌다.

비단 그들만이 아니라 집법당 별관에 모인 모든 이가 얼굴엔 장차 수호령주가 몰고 올 폭풍을 두려워하는 모습이 역력했다.

*　　*　　*

"오랜만에 뵙습니다, 령주님."

정문의 경비대로부터 진유검이 무황성에 도착을 했다는 소식을 듣자마자 움직인 지객당주 진성웅이 정중히 허리를 굽혔다.

"예, 오랜만입니다, 당주님."

가볍게 인사를 한 진유검이 곧바로 물었다.

"할아버님은 어디에 계십니까?"

"신의당에서 치료를 받고 계십니다. 많이 회복하셨으니 걱정은 하지 않으셔도 됩니다."

혹여 염려라도 할까 진성웅은 진유검이 묻지 않은 것까지 친절히 설명을 했다.

"제가 아직 무황성의 지리에 익숙하지 않은지라 신의당이 어디에 있는지 알지 못합니다. 수하들 중 한 명에게 안내를 부탁해도 될까요?"

진유검이 진성웅 주변에 있는 사내들을 둘러보며 물었다.

"제가 안내하겠습니다."

"굳이 그러실 필요는 없습니다."

진유검이 사양을 했으나 진성웅은 신의당을 향해 이미 몸을 돌리고 있었다.

마음이 급했던 진유검은 진성웅의 호의를 거절하지 않고 그를 따라 바로 걸음을 옮겼다.

사람들은 지객당주가 직접 안내를 하는 인물이 누군지 호기심을 드러냈다가 그가 다름 아닌 수호령주라는 것을 알고 놀라움을 감추지 못했다.

혹여 실수라도 할까 분분히 자리를 피했는데 더러는 함성을 보내며 수호령주를, 곤란에 빠진 의협진가를 응원하기도 했다.

진성웅의 안내를 받고 이동하기를 이각여, 진유검과 일행은 무황성 내에서도 상당히 외진 곳에 위치한 신의당에 도착할 수 있었다.

"이런 곳이 있었네."

전풍이 멀리서부터 풍겨오는 진한 약 내음에 코를 벌름거렸다.

"환자를 치료하고 병증에 관한 연구를 하는 곳이니까. 아무래도 사람의 발길이 많으면 그렇잖아."

곽종은 화려하기 그지없던 주변과는 달리 아기자기한 건물 몇 채가 옹기종기 모여 있는 신의당의 풍경이 꽤나 마음에 드는 듯했다.

진유검 일행이 신의당에 모습을 드러내자 진성웅의 연락을 받고 마중 나와 있던 부당주 심광(深光)이 공손히 인사를 했다.

"신의당 부당주 심광이라 합니다."

"진유검입니다."

"어서 오십시오, 령주님. 그렇잖아도 태상가주님께서 기다리고 계십니다."

조부가 기다린다는 말에 진유검의 가슴이 갑자기 쿵쿵 뛰기 시작했다.

"할아버지께선 어떠십니까?"

진유검의 표정과 음성에 걱정이 가득함을 느낀 심광이 부드럽게 웃었다.

"많이 좋아지셨습니다. 몸에 남은 독기는 완전히 제거를 한 상태고 이제 기력만 회복하시면 됩니다."

내심 불안에 떨던 진유검이 자신도 모르게 심광의 손을 잡았다.

"고맙습니다."

"별말씀을요. 태상가주님께서 워낙 강한 분이시라 견뎌내신 겁니다. 저흰 그저 약간의 도움을 드린 정도에 불과하지요."

심광은 자신들의 공을 굳이 내세우지 않았으나 진유검은 그들이 조부를 위해 얼마나 많은 애를 썼는지 익히 알고 있었다.

"이 은혜는 결코 잊지 않겠습니다."

다시금 감사를 표한 진유검이 조부가 치료를 받고 있는 병사(病舍)를 향해 성큼성큼 걸음을 옮겼다.

과하다 싶을 정도로 많은 병력이 배치되어 있어 굳이 안내나 설명은 필요 없었다.

병사의 문이 열리며 무염의 얼굴이 보였다.

그동안 마음고생이 심했는지 얼굴이 반쪽이 되어 있었다.

"어서 오십시오, 공자님."

무염이 정중히 허리를 꺾었다.

"할아버지는?"

"기다리고 계십니다."

무염이 한쪽으로 비켜섰다.

가볍게 고개를 끄덕인 진유검이 크게 심호흡을 하고 안으로 들어갔다.

전풍이 그의 뒤를 따르려 하자 문청공이 얼른 팔을 잡았다.

"왜요?"

"우선 두 분께 시간을 드리는 것이 좋겠다. 몸도 편치 않으신 분을 우르르 찾아뵙는 것도 그렇고."

"어르신 말씀이 옳아. 소란 피우지 말고 잠시 기다려."

여우희가 팔짱을 끼며 전풍을 잡아당겼다.

"아, 진짜! 알았소. 알았으니까 이 손은 놓으쇼."

전풍이 못 이기는 척 물러나자 그에게 가볍게 눈짓을 보낸 무염이 문을 닫았다.

병사의 내부는 바깥에서 보는 것보다도 훨씬 좁았지만 한 사람이 쓰기엔 차고 넘칠 정도로 넓었다.

진산우는 병사 중앙에 놓인 병상(病床:환자가 눕는 침상)에 비스듬히 누워 있었다.

"어서 오너라."

진산우가 환한 웃음을 지으며 진유검을 반겼다.

"늦었… 습니다."

진유검은 인사를 하며 재빨리 조부의 몸을 살폈다.

"늦긴, 서두를 것도 없었다."

진산우가 진유검의 손을 부드럽게 어루만지며 말했다.

"몸은 좀 어떠십니까?"

"멀쩡하다. 독기가 남아 있을 땐 조금 힘들었는데 지금은 괜찮아."

진유검이 보기에도 생각만큼 걱정할 정도는 아니었다.

"천만다행입니다."

"그래, 너를 이리 보게 되었으니 다행이라면 다행이지."

진산우가 약간은 씁쓸한 웃음을 지어 보였다.

"무황의 소식은 들었느냐?"

"예."

"노부만 아니었으면 그리 허망히 갈 사람이 아니었다. 독 따위에도, 한낱 암살범 따위에도 당할 사람은 아니었어."

"할아버지의 잘못이 아닙니다. 자책하실 필요도 없고요. 다른 곳도 아니고 무황성에서 벌어진 일이니 오히려 저들이 미안해해야 할 일이지요. 그런데 말도 안 되는 누명까지 쓰셨으니……."

진유검은 불끈 치미는 화를 참기 위해 잠시 말을 끊었다.

"이 할애비는 상관없었다. 그깟 누명이야 무시하면 그만이니까. 다만 본가와 식솔들이 모욕을 당하는 것은 참기가 힘들더구나. 애써 밝은 표정을 짓고는 있어도 호의 얼굴에 드리운 그늘을 보면 마음고생을 꽤나 한 모양이다."

"호가요?"

진유검의 시선이 침상 옆에 서 있는 무염에게 향했다.

무염이 진산우를 보며 머뭇거리자 진산우가 너털웃음을 터뜨렸다.

"허허! 노부를 걱정하는 마음은 알겠지만 이제는 괜찮다. 이 녀석이 왔지 않느냐?"

망설이던 무영이 조심스레 입을 열었다.

"많은 이가 태상가주님과 본가를 두둔해 주고는 있습니다만 노골적으로 적대시하는 자도 상당합니다. 아무래도 가주께서 어리시다 보니까 그들의 행동을 마음에 담아두고 있는 것 같습니다."

"그런 일이 있었군."

진유검의 눈에서 한광이 나타났다 사라졌다.

"그런데 호는 지금 어디에 있습니까?"

"좀 쉬라고 식솔들이 있는 곳으로 보냈다. 늙은 할애비 간호한다고 며칠 동안 밤을 새느라 얼굴도 많이 상했고. 하지만 네가 왔다는 소식을 들었으니 곧 달려올게다."

"빨리 보고 싶군요."

"녀석도 너를 보고 싶어 하는 것 같더구나."

병사에 잠시 훈풍이 돌았다.

"제갈 군사도 이 할애비 때문에 많이 시달렸다. 알고 있느냐?"

"예, 이곳에 오는 동안 계속 연락을 취했습니다."

"그랬구나. 어제도 잠시 보았는데 꼴이 말이 아니었어. 네가 많이 도와줘야 할 것이다."

진유검이 대답을 하기도 전, 병사의 문이 열리며 심광이 안으로 들어왔다.

"군사께서 뵙기를 청하십니다."

"그분만이 아닌 것 같군요."

"예, 많은 분이 찾아주셨습니다. 어찌해야 할지……."

심광이 난처한 표정을 지으며 머뭇거리자 진유검이 무염을 불렀다.

"무염."

"예, 공자님."

"군사님을 뫼셔라."

"다른 분들은……."

"할아버지는 지금 절대 안정을 취하셔야 한다."

진유검의 냉정한 말투에 무염의 몸이 흠칫했다.

"죄송합니다. 바로 모시겠습니다."

무염이 병사 밖으로 나가고 잠시 후, 소란 속에서 문이 열리며 제갈명이 안으로 들어섰다.

"오랜만에 뵙습니다."

진유검이 제갈명을 향해 예를 표했다.

"드디어 왔군. 자네가 오기를 얼마나 학수고대했는지 아는가?"

제갈명이 한달음에 달려와 진유검의 손을 잡았다.

그의 감격 어린 표정을 보며 진유검이 엷은 미소를 지었다.

"할아버지나 본가의 문제로 인해 고생이 심하셨다고 들었습니다. 감사드립니다."

"감사는 무슨. 애당초 말이 안 되는 누명이거늘. 아무튼 누가 계획을 한 것인지 모르나 요즘 돌아가는 꼴을 보면 작전이 아주 제대로 먹혔어. 에휴, 내가 제명에 못 죽지."

무황의 암살부터 지금까지 일련의 상황을 누구보다 정확히 꿰뚫고 있는 제갈명의 입에서 절론 한숨이 흘러나왔다.

"그렇게 힘드십니까?"

"힘들다기보다는 회의감이 밀려들어서 그러네. 그놈의 권력이 무엇이라고."

"역시 사대가문이군요."

"아무래도 그렇겠지. 상당수의 문파까지 동조하는 상황이라 실망감이 이만저만이 아니야. 누명이라는 것을 뻔히 알면서 그런 식으로 압박을 가하니 더욱 화가 치밀고."

제갈명의 분개하는 모습을 보며 진유검은 그가 자신이 생각한 것보다 훨씬 많은 압력과 시달림을 받았다는 것을 확인할 수 있었다.

"정확히 어떤 상황입니까? 보내주신 전서를 통해 어느 정도는 파악을 하고는 있지만 워낙 단편적인 정보라서요."

"자세히 말해보게. 이제 노부도 좀 들어보세나. 그만 좀 감추고."

진산우의 투덜거림에 제갈명이 민망한 듯 말했다.

"숨기려고 숨긴 것이 아닙니다. 다만 태상가주님의……."

"알아. 내 어찌 자네의 마음을 모르겠나? 하지만 이제는 들어도 괜찮을 것 같네만."

"예, 그런 것 같습니다."

제갈명이 흔쾌히 고개를 끄덕였다.

"잠시만요. 설명을 듣기 전에 정리를 좀 해야겠습니다. 함께 들어야 할 사람들도 있고요."

병사 밖의 소란이 생각보다 오래간다고 여긴 진유검이 자리에서 일어났다.

"기왕 시작할 거면 본때를 보여주게. 처음부터 주도권을 잡아야 하네."

설마하니 제갈명의 입에서 그런 소리가 나올 줄 몰랐던 진유검이 헛바람을 내뱉으며 고개를 흔들었다.

그동안의 고생으로 제갈명의 마음에 심마가 깃들었음이 틀림없었다.

진유검이 병사로 나오자 모든 소란이 일거에 멈췄다.
수십 쌍의 눈동자가 그에게 향했다.
그들의 시선을 간단히 무시한 진유검이 그들과 드잡이질을 하고 있던 전풍에게 말했다.
"수선 떨지 말고 들어가."
전풍의 대답도 듣지 않고 몸을 돌려 한 걸음 물러나 있는 문청공에게도 말했다.
"들어가시지요. 할아버지께서 기다리십니다."
"그러지요."
문청공이 병사 안으로 들어가자 조단과 여우희, 곽종이 종종 걸음으로 그의 뒤를 따랐다.
가장 늦게 움직인 전풍은 그와 다툼이 있던 자들을 향해 코웃음을 쳐 보이며 병사 안으로 들어갔다가 슬며시 몸을 뺐다.
진유검은 전풍이 병사 밖으로 다시 나왔다는 것을 느꼈으나 별다른 언급을 하지 않았다.
"저를 반겨주시는 것은 감사한 일입니다만 내일 날이 밝으면 뵙도록 하겠습니다. 하니 그만 돌아가 주시지요. 아시다시피 이곳은 환자를 치료하는 곳입니다."
진유검은 최대한 정중히, 부드럽게 말했다.
하지만 그 정도로 용납할 사람들이었다면 애당초 신의당

까지 찾아올 사람들도 아니었다.

"그것을 모르는 것은 아니오. 소란을 피울 생각도 없고. 우린 그저 수호령주와 대화를 하고 싶어 찾아온 것이오."

진유검이 목청 높여 외친 중년인을 향해 시선을 돌렸다.

"누구신지요?"

"운산파(雲山派)의 양홍이라 하오."

"이제 막 도착했고 제 조부님과 제대로 얘기도 나누지 못했습니다. 시간을 조금 주시지요."

알려진 성격과는 달리 진유검이 상당히 유화적인 반응을 보이자 다소 불안해하던 양홍이 자신감을 갖고 목소리를 높였다.

"우리가 많은 것을 원하는 것은 아니지 않소이까. 그저 이번 사건을 어찌 보고 계시는지 궁금해서 찾아온 것이오. 그러니 잠시 시간을 내주시오."

양홍이 별다른 제지없이 자신의 주장을 펼치자 기다렸다는 듯 곳곳에서 불만 섞인 음성이 터져 나왔다.

"우리는 물러나라면서 어째서 의협진가에 우호적인 제갈군사는 안으로 들인 것이오?"

"방금 전, 태상가주님을 암살의 배후라 증언한 시비가 목숨을 잃었습니다. 이토록 상황이 급박한데 너무 여유로운 모습이 아닙니까?"

"시비를 참살한 자들이 시비의 증언이 적의 간계라 주장했소. 그들은 태상가주가 누명을 썼다고 생각하는 것 같은데 수호령주는 어찌 생각하시오?"

"결정적인 증언이 나왔는데도 태상가주는 치료를 핑계로 시간을 끌고 있소. 사공세가와 제갈 군사가 아무리 옹호를 한다고 해도 이쯤 되면 스스로 나서서 논란을 잠재우는 것이 옳은 것 아니오?"

"태상가주님을 심문하는 문제로 무황성은 극도의 혼란에 빠져 있었소. 첨예한 대립 속에서 모든 사람은 수호령주만이 이 문제를 해결할 것이라 판단했소. 해서 무척이나 기다렸소. 한데 이처럼 여유로운 모습은 모든 이의 바람을 저버리는 것이오."

한 번 터진 봇물은 멈출 줄을 몰랐다.

그들에게 둘러싸여 집중포화를 맞으면서도 진유검은 미동조차 없었다.

오히려 당황한 이들은 지금껏 사공세가와 제갈명에게 동조하여 태상가주와 의협진가를 옹호하던 사람들이었다.

양홍을 필두로 반대 세력들이 워낙 거세게 주장을 펼쳐 미처 반박할 틈을 찾지 못했던 그들은 믿고 있던 진유검마저 수세에 몰린 채 아무런 대꾸를 하지 못하자 어찌할 바를 몰랐다.

"자자, 그만들 하시오. 무황성의 안위가 위협당할 만큼 중요한 사건이 벌어졌다지만 이곳은 병사 앞이오. 환자들을 생각해야 하지 않겠소."

지금껏 배후에서 군웅들을 부추겼던 한규가 슬며시 앞으로 나서며 중재를 시도했다.

진유검이 입꼬리를 살짝 말아 올리며 한규와 그와 어깨를 나란히 하고 있는 이교, 유기 등을 바라보았다.

"수호령주도 조금 양보하는 것이 좋겠소."

"양보라면 어떤 양보를 말하는 것입니까?"

태연스런 반문에 한규의 미간이 찌푸려졌다.

"참으로 답답한 노릇이구려. 이들이 많은 것을 원하는 건 아니지 않소? 그저 시비의 증언에 대한 수호령주의 의견을 듣고 싶어 하는 것뿐이외다."

"맞소이다."

"우리가 듣고 싶은 것이 바로 그것이오!"

많은 이가 한규의 의견에 동조하여 진유검을 압박했다.

"정말로 내 의견을 듣고 싶은 겁니까?"

진유검의 분위기가 살짝 바뀌었지만 그것을 눈치챈 사람은 진유검의 강력한 경고로 방금 전의 상황에서 입도 뻥끗하지 못하고 속만 태운 전풍뿐이었다.

"그렇소. 태상가주를 무황 암살의 배후로 지목한 시비의 증언과 그럼에도 아무런 심문도 받지 않고 있는 현 상황에 대해 어찌 생각하시오?"

분위기가 충분히 무르익었다고 생각한 한규가 취조하듯 물었다.

진유검의 대답은 정말 간단했다.

"헛소리."

순간, 질문을 던진 한규는 물론이고 대답을 기다리던 모든 이의 안색이 싹 변했다.

"지금 헛소리라고 한 것이오? 시비의 증언이 헛소리라는 것이오? 아니면 우리들의 말이 헛소리라는 것이오?"

한규가 노한 얼굴로 물었다.

"그거야 듣는 사람이 알아서 판단할 문제 같소만."

진유검의 말투가 바뀌었다.

"수호령주가 뛰어난 고수라는 것은 알고 있소. 그동안 무황성에 혁혁한 공을 세운 것 또한 잘 알고 있소이다. 하지만 이런 식의 대응은 정말 아니라고 보오. 정녕 이 많은 사람을 적으로 돌릴 셈이오?"

이교의 정중한 말투 속에 담긴 은근한 협박에 진유검은 비릿한 웃음으로 대응했다.

"못할 것이라 보시오?"

"허!"

전혀 생각지도 못한 반응에 이교는 말을 잇지 못했다.

"지금 그걸 말이라고……."

한규의 성난 음성은 진유검의 섬뜩한 눈빛에 이어지지 못했다.

"그렇게 자신 있소?"

진유검이 차갑게 물었다.

"그렇게 자신 있느냔 말이오?"

"무슨 말을 하는 것이냐?"

한규는 떨떠름한 표정을 감추지 못했다.

"본가의 분노를 감당할 수 있겠냐 묻는 것이오?"

"지, 지금 우리를 협박하는 것이냐?"

한규가 자신도 모르게 뒷걸음질 치며 물었다.

"날이 밝으면 난 이번 사건에 대해 직접 조사를 할 생각이고 사건에 얽힌 음모를 파헤칠 자신이 있소. 그러니 더 이상 선을 넘지 마시란 말이오. 만약 선을 넘는다면."

진유검이 몸에서 무시무시한 살기가 한규를, 주변에 모인 이들을 강타했다.

반항 자체를 용납하지 않는 압도적인 위압감에 숨조차 제대로 쉬지 못했다.

"모든 것을 걸어야 할 것이오. 개인의 목숨은 물론이고 당신들이 속한 가문, 문파까지도."

진유검의 경고는 간단했다.

의심을 하고 도발을 하는 것은 자유지만 대신 그것이 사실이 아님이 밝혀질 경우 멸문지화를 각오하라는 말.

실로 무시무시한 위협 앞에 아무도 입을 열지 못했다.

뭐라 반박을 하려고 해도 어찌 된 일인지 입이 떨어지지 않았다.

그것이 뇌리에 각인된 두려움과 공포라는 것도 그들은 의식하지 못했다.

"숙부님!"

어디선가 갑자기 들려온 외침은 금방이라도 질식할 것만 같았던 이들에겐 한줄기 빛이나 다름없었다.

저 멀리, 진호가 환히 웃으며 달려왔다.

북풍한설보다 매섭던 기세는 순식간에 사라지고 봄날의 햇살 같은 미소가 진유검의 입가에 펴져 나갔다.

*　　*　　*

병사 밖에서 소란을 떨던 이들을 침묵하게 만들고 오랜만에 만나 진호와의 대화도 짧게 마친 채 진유검은 곧바로 제갈명과 마주 앉았다.

무황의 암살을 시작으로 지금까지 벌어진 일들에 대해서

차분히 설명을 듣던 진유검은 그가 도착하기 직전, 어쩌면 이번 사건에서 가장 중요한 인물이라 할 수 있는 시비가 목숨을 잃었다는 말에 아쉬움을 감추지 못했다.

방금 전, 한규의 사주를 받은 이들이 시비와 그녀를 죽인 경비대에 대해 떠들어댈 때는 애당초 한 귀로 듣고 한 귀로 흘리던 중이라서 별다른 감흥이 없었으나 지금은 아니었다.

"시비가 목숨을 잃은 것은 참으로 안타까운 일이군요. 그녀에게나 우리에게나."

"그러게요. 그 시비만 살아 있었으면 사건의 배후에 누가 있는지 금방 파악을 했을 텐데요."

진유검의 능력을 누구보다 잘 알고 있는 전풍이 요란스레 맞장구를 쳤다.

"그리 쉽지는 않았을 걸세. 고문까지는 아니더라도 온갖 방법으로 심문을 해보았지만 특별히 알아낸 것은 없었네. 어쩌면 암살범이 지금과 같은 상황을 만들어 내기 위해 그녀를 이용한 것일 수도 있네. 혹은 정신이 없는 상황에서 그녀가 아예 잘못 들은 것일 수도 있고. 만약 그것도 아니라면……."

제갈명이 상상도 하기 싫다는 표정으로 말끝을 흐렸지만 진유검은 그다지 대수롭지 않다는 듯 말했다.

"예, 실로 대단한 여인이라 할 수 있겠지요. 무공도 익히지 않은 몸으로 수많은 사람을 속여 넘긴 것이니까요. 그것도 난다 긴다 하는 이들이 한자리에 모인 바로 이곳 무황성에서."

"주군, 그 사람의 정신을 혹하게 만드는 그 사술 말입니다. 일전에 보니까 효과가 정말 좋던데 그거 죽은 사람한테는 쓸 수 없는 겁니까?"

당황한 진유검이 전풍의 입을 틀어막으려 했으나 이미 늦어버렸다.

"시비의 잠깐 혼을 불러낸다던가 아니면 강시로 부활을 시켜서 사건의 전말을 캐물으면 될 것 같은데요. 그건 불가능한 겁니까? 흠, 지난번에 루외루 놈들을 작살낼 때 보여준 실력이며 충분히 가능할 것 같은데요."

전풍은 스스로 좋은 생각이라 여기며 떠들어댔지만 듣고 있는 사람들의 표정은 과히 좋지 않았다.

무황과 더불어 정파를 대표해야 하는 수호령주가 괴이한 사술을 익히고 있다는 것이 외부로 알려지는 것은 그다지 바람직한 일은 아니기 때문이었다.

"그런 사술… 무공도 익히고 있는 것인가?"

제갈명이 헛기침을 하며 물었다.

"저놈이 헛소릴 지껄이는 겁니다. 제가 영매(靈媒)도 아니고 무슨 재주로 혼을 불러냅니까? 일전에 루외루를 상대하면서 몇 가지 잔재주를 보인 적이 있는데 그걸 보고 저리 떠들어 대는 겁니다."

진유검은 나름 열심히 변명을 했지만 제갈명은 그 변명을 곧이곧대로 믿지 않았다.

그보다는 허풍처럼 들리는 전풍의 말에 더 믿음이 갔다.

모든 이의 생각 또한 제갈명과 같았다.

병사에 흐르는 묘한 분위기를 눈치챈 진유검이 쓴웃음을 지으며 말했다.

애당초 거짓말을 하는 것도 체질에 맞지는 않았다.

"사술이라면 사술일 수 있는 무공이 있습니다. 상대의 정신을 제압하는 수법이지요. 하지만 저 녀석 말대로 죽은 사람의 혼을 불러내는 능력은 전혀 없습니다."

"아쉽군. 그것도 방법이라면 방법이었는데 말이야."

제갈명이 진심으로 아쉬워하는 눈치를 보이며 말을 이었다.

"어쨌든 시비의 죽음으로 그녀의 증언은 번복될 수 없는 증거가 되어버렸네. 시작은 엉뚱한 놈들이 했는데 대미를 장식한 것은 오히려 내부에 있는 아군이라니."

"시비의 죽음이 사대가문이 꾸민 일이라 확신하는 모양이군요."

"확신하네. 자네가 시비의 시신을 앞에 두고 짓던 한규 영감의 표정을 봤다면 나와 같은 생각을 했을 것이야."

"한규라면 아까 소란을 피우던 늙은이 아닙니까?"

전풍이 늙은 너구리를 닮았다고 여긴 노인네의 얼굴을 떠올리며 물었다.

"맞네. 바로 그 영감이지."

"어쩐지 재수가 없더라니. 내 직접 그 영감의 면상을 밟아줬어야 하는 건데."

전풍이 이를 부득 갈며 주먹을 움켜쥐었다.

그런 전풍의 뒤통수를 후려친 진유검이 말했다.

"독이야 그렇다 쳐도 암살범들을 막다가 목숨을 잃은 사람들이 꽤 있다고 들었습니다."

"호위대가 몰살을 당했네. 형주유가의 제자도 많이 당했고."

"그들의 시신에 어떤 흔적이 남은 것은 없었습니까?"

"시신에 남은 상흔 말인가?"

"예."

"상흔으로 놈들의 무공과 정체를 파악해 보려는 것이군."

"그렇습니다. 쉽지는 않겠지만 몇몇 무공은 저마다 특징적인 상흔을 남기기도 하니까요."

"우리도 그 점에 대해 조사를 해보았으나 별다른 성과는 거두지 못했네. 호위대의 몸에 난 상흔은 딱히 특별하거나 하지 않고 난전에서 흔히 당할 수 있는 상처가 대부분이었어. 날이 밝으면 자네가 직접 시신들의 몸에 난 상흔을 확인해보게. 혹시 몰라 장례도 치르지 않고 기다리고 있었다네."

"그러셨습니까? 괜히 죄송스럽군요."

진유검은 상흔을 보존하기 위해 호위대의 장례조차 치르지 못했다는 말에 마음이 무거워졌다.

"그런데 어찌 대응할 생각인가?"

제갈명이 진산우의 눈치를 슬쩍 살피며 물었다.

"뭐를 말입니까?"

"조금 전이야 자네의 기세에 놀라 그대로 물러났지만 당장 내일 아침부터 난리가 날 걸세. 분명히 시비의 증언을 무기삼아 태상가주님의 기취에 대해 물고 늘어질 것이야. 심문 얘기도 당연히 흘러나올 것이고."

심문이라는 말에 진유검의 안색이 싸늘하게 변했다.

"있을 수 없는 일입니다."

"태상가주님을 배후로 지목하는 시비의 증언이 있었고 모든 이가 그것을 알고 있네. 안타깝게도 무조건 거부할 명분이 없어. 자네까지 무황성에 도착을 했으니 더욱 그렇고."

"군사 말이 옳다. 이제 몸도 추슬렀으니 저들이 원한다면 원하는 대로 해줄 생각이다."

"할아버지!"

"괜찮다. 네가 이곳에 있으니 험한 꼴이야 당하겠느냐?"

진산우가 금방이라도 폭발할 것 같은 진유검을 달랬다.

"거부할 방법은 아예 없는 것인가?"

문청공이 조용히 물었다.

"시비의 증언을 뒤집어버릴 만큼 결정적인 증거가 나오지 않는 한 현실적으론 그렇습니다. 저들이 아예 문제를 삼지 않는다면 모를까 원하는 것을 얻기 전까진 결코 물러서지 않을 테고요."

"노부는 지금의 상황이 영 이해가 되지 않네. 세외사패나 루외루의 존재를 확인하고도 무슨 이유로 이런 쓸데없는 논란이 계속되는 것인가? 태상가주께서 누명을 쓰셨다는 것을 저들 또한 모르지 않을 터인데 어째서 이토록 맹렬하게 공격을 하는지 도무지 이해가 되지 않는다는 말일세. 이런 혼란과 분열이야 말로 이번 일을 계획하고 꾸민 적들이 가장 원하는 것일 텐데 말이야. 그리고 원하는 것이 있다고 했나? 대체 저들이 의협진가에, 아니, 령주님께 원하는 것이 무엇이란 말인가?"

"맞네. 노부 역시 이해를 하지 못하겠어."

조단도 한마디 거들었다.

문청공과 조단의 질문에 제갈명은 금방 대답을 하지 못했다.

대신 오랫동안 야인 생활을 한 천강십이좌는 다른 이들에 비해 확실히 정치적인 면에서 어둡다는 생각을 했다.

"혹, 자네는 그 이유를, 저들이 무엇을 원하는지 알고 있는가?"

제갈명이 진유검에게 물었다.

"짐작은 됩니다."

"무엇인가?"

"제가 무황의 자리를 노린다고 생각하는 것 아닙니까? 원하는 것이라면 당연히 무황의 자리를 포기하고 물러나는 것이겠고요."

진유검과 천강십이좌는 생각하는 것이 확실히 달랐다.

"정확하네."

제갈명이 조금은 감탄했다는 표정으로 고개를 끄덕였다.

"허! 그게 사실인가? 정말로 저들이 그리 생각하는 것인가?"

문청공이 어이가 없다는 얼굴로 물었다.

"그렇습니다. 조금만 깊게 생각해 보면 누구나 알 수 있을 정도로 당연한 것이지요."

"당연하다?"

"예, 당금 천하에 령주만큼 무황의 자리에 어울리는 사람은 없습니다. 아닙니까? 바로 그 이유만으로 지금의 상황이 모두 설명됩니다."

제갈명의 물음에 문청공은 곰곰이 생각에 잠겼다.

제갈명의 말대로였다.

수호령주라는 무소불위의 지위, 막강한 무공실력에 의협진가라는 배경까지.

지금 당장 진유검을 무황의 자리에 추대한다고 해도 조금도 부족함이 없다는 생각이 들었다.

비로소 사대가문이나 여타 문파들의 행동이 정확히 이해가 되었다.

"그렇군. 이제야 이해가 가네. 확실히 그렇지. 무황이라는 자리에 령주님만큼이나 어울리는 사람이 또 누가 있으려고."

문청공의 읊조림에 무황이라는 자리에 전혀 매력을 느끼지 못하는 진유검과 그런 진유검을 가장 정확하게 파악하고 있는 전풍을 제외하곤 주변에 있는 모든 사람이 고개를 끄덕였다.

"저들이 쓸데없는 걱정을 하고 있는 것입니다. 무황이

라. 애당초 저는 관심이 없는 것을요. 다만 무황의 자리를 놓고 협상을 하듯 이 문제를 덮을 생각은 없습니다. 이대로 끝나면 본가의 실추된 명예는 회복하지 못하는 것이니까요. 확실하게 규명을 해서 할아버지의 누명도 벗기고 암살범의 배후도 밝혀낼 것입니다."

스스로 다짐하는 진유검의 말에 제갈명이 정색을 하며 제동을 걸었다.

"미안하네만 자네가 착각하고 있는 것이 있네."

"착각이요? 제가요? 그게 무엇입니까?"

"저들은 자네가 무황의 자리를 노리고 있다는 생각을 한 것이 아니네. 아, 조금은 하고 있을지 모르지. 하지만 그럼에도 이렇듯 맹렬히 공격을 하는 이유는 자네 스스로가 아닌 다른 누군가가 자네를 무황의 자리에 앉히려 한다는 것을 눈치챘기 때문일세."

진유검이 제갈명을 가만히 바라보았다.

제갈명은 진유검의 시선을 피하지 않았다.

"군사께서 원하시는 겁니까?"

어딘지 모르게 날이 서 있는 음성이다.

"아니라고 부정은 하지 않겠네. 하지만 단순히 내가 원한다고 저들이 그토록 긴장을 할까? 아니지. 사대가분이 누려워하는 사람은 따로 있네."

"누굽니까, 그 사람이?"

제갈명이 침묵을 지키고 있는 진산우를 힐끗 바라보며 말했다.

"돌아가신 성주님의 의중이셨네. 성주님은 자네를 차기 무황으로 일찌감치 낙점하셨다네."

"음."

예상치 못한 이름이 나와서인지 진유검의 입에서 나직한 신음이 흘러나왔다.

"성주님께서 그와 같은 의중을 몇몇 사람에게 밝히셨네. 비록 몇 되지 않는 이들이지만 그들의 힘이라면 저 친구라도 능히 무황의 자리에 오를 수 있을 정도라네."

"나 원. 가만히 있는 저는 왜 또 건드립니까?"

제갈명이 자신을 거론하자 전풍이 발끈하여 소리쳤다. 그러나 이내 표정을 바꿔 물었다.

"그런데 그 대단한 사람들이 누구랍니까?"

"궁금한가?"

"궁금하니까 묻지요."

"멀리서 찾을 것도 없네. 이 자리에도 한 분 계시니까."

병사에 모여 있던 이들이 놀라기도 전에 제갈명의 말은 이어졌다.

"태상가주님의 지지라면 어떤가?"

"예에?"

전풍이 기겁하며 고개를 돌렸다.

모두의 시선이 일제히 진산우에게 쏠렸다.

그들의 시선에 부담을 느낀 것인지 진산우가 혀를 차며 고개를 저었다.

"그건 자네가 잘못 알고 있는 것이네. 무황께서 그런 제안을 하신 것은 틀림없으나 노부는 아직 허락을 하지 않았다네. 유검이 무황의 제안을 받아들인다면 그때 가서 생각을 해보겠다고 했지. 하니 그런 눈으로 보지 말아라. 이 녀석아."

"죄송… 합니다."

진산우의 호통에 불만 어린 표정을 짓고 있던 진유검이 슬며시 고개를 숙였다.

"나머지 사람들은 누군가? 누가 령주님을 지지하기로 성주님과 약속한 것인가?"

문청공이 궁금함을 참지 못하고 물었다.

"사공세가의 힘이라면 사대가문을 능히 감당하고도 남겠지요."

"아무렴! 이빨 빠진 호랑이라도 호랑이는 호랑이니까. 또 있나?"

"소림은 어떻습니까?"

"소, 소림까지?"

문청공의 입이 쩍 벌어졌다.

"화산파와 무당이 연합을 한다고 해도 소림이 움직이면 나머지 문파들은 자연히 소림을 따르게 되어 있습니다."

"그것이 소림사지."

문청공이 당연하다는 듯 고개를 끄덕였다.

"설마 또 있는 것인가?"

"강남의 맹주 남궁세가 역시 성주님의 요청을 받아들였습니다."

진유검은 남궁세가에서 남궁결이 그에게 보여주었던 친절을 떠올리며 한숨을 내쉬었다.

"그 밖에도 많은 분이 성주님의 계획에 지지를 보내셨습니다만 제 생각엔 반드시 거론해야 하는 분들이 있더군요."

"누군가, 그들이?"

조단의 반문에 제갈명의 입가에 미소가 지어졌다.

"무황성의 숨겨진 힘이라는 천강십이좌. 바로 여러분의 지지 또한 수호령주에겐 막강한 힘이 되리라 믿습니다만."

"……."

제갈명의 느닷없는 말에 문청공과 조단이 미처 대답을 하지 못할 때 여우희와 곽종이 동시에 외쳤다.

"물론이죠. 절대로 지지합니다."

"두 분은 아닌가요?"

제갈명의 시선이 멍하니 서 있는 문청공과 조단에게 향했다.

그들은 별다른 대답 없이 서로를 마주보며 너털웃음을 터뜨렸다.

그것으로 대답은 충분했다.

"문제는 성주님의 의중을 저들이 눈치챘다는 것입니다."

"그러니 저 난리를 피우는 것이겠지. 하긴, 전대 성주님의 유지에 사공세와 소림사, 남궁세가의 지지라면 자네 말대로 저 녀석이라도 무황의 자리에 오를 수 있겠어."

문청공이 전풍을 가리키며 웃었다.

전풍은 떨떠름한 표정을 지었지만 조금 전처럼 발끈하지는 않았다.

"저들의 목적은 오직 하나입니다. 시비의 증언을 무기 삼아 의협진가와 수호령주의 명성를 최대한 깎아내리는 것이지요. 그리고 지금까지는 충분히 성공적이라 할 수 있습니다. 시비가 수호령주를 지지하는 경비대원들에게 목숨을 잃으면서 정점을 찍었고요."

"명성 따위는 상관없습니다."

삼시 동안 침묵을 지키던 진유검이 착 가라앉은 목소리로 말했다.

"무황이라는 자리는 어차피 나와는 전혀 관계가 없는 것이니까요."

"성주님의 유지를 저버리겠다는 말인가?"

"그런 일방적인 바람은 따를 생각은 없습니다."

진유검의 태도는 단호했다.

"무황성의, 중원 무림의 미래를 위해서일세."

제갈명이 다급히 외쳤다.

"무황성을 위해, 중원 무림을 위해 최선을 다하기는 할 겁니다. 하지만 무황은 아닙니다. 수호령주란 지위만으로도 버겁습니다."

버겁다는 말이 모두에겐 귀찮다는 말로 들렸다.

"이럴 수는 없는 것이네. 성주님과 자네를 지지하는 그 많은 이의 바람을 이처럼 간단히 무시할 수는 없는 것이야."

"저는 그런 지지를 바란 적이 없습니다. 그리고 그걸 지지라고 하십니까? 제 의지와는 상관없이 저를 구속하려는 것입니다."

진유검의 음성이 전에 없이 싸늘해졌다.

진유검이 이토록 강력하게 반발할 줄 생각하지 못했던 제갈명은 몹시 당황한 눈치였다.

"쯧쯧, 들이대도 뭘 알고 들이대야죠."

전풍이 한심하다는 얼굴로 끼어들었다.

"일전에 신도세가와 이화검문을 작살날 때 이미 겪어보지 않았습니까? 성격 특이하고 더럽다는 거."

"헛소리 지껄이지 말고."

진유검이 화를 냈지만 전풍은 가벼운 손짓으로 무시하곤 말을 이었다.

"수호령주라는 지위, 인간 같지도 않은 무공. 대단해 보이지요? 맞습니다. 괴물이지요. 그런데 주군께서 어떻게 그런 괴물이 되었는지 아십니까?"

제갈명은 대답하지 못했다.

"여섯 살인가, 일곱 살인가? 아무튼 그 어린 나이에 부모와 떨어져 외딴섬에 처박혔답니다. 그리고 저 나이가 되도록 오직 가문의 무공을 완성해야 한다는 일념으로 온갖 고생을 거쳐야 했고요. 뭐, 옆에서 지켜본 바에 의하면 지금 여러분이 상상하는 것보다 백배는 더 힘들었다는 것만 알아두쇼. 그러니 괴물이 된 것이고. 그런데 여기서 중요한 것은."

전풍의 목소리는 평소의 그와는 달리 한없이 무겁고 진중했다.

"주군의 의중은 눈곱만큼도 반영이 되지 않았다는 거요. 당연하지요. 그 어린 나이에 가문의 숙원이 뭔지, 혼자 떨어져 존재조차 사라진 채 무공을 익혀야 하는 것이 어떤 의미인지 알 수나 있었겠수? 그냥 시키니까 하는 거지. 그런 주군인데. 그 오랜 세월을 섬에 처박혀 가문의 숙원과 드잡이질을 하다 겨우 빠져나온 주군인데 또다시 자신의 의지와는 상관없는 길을 가라는 거요? 지금 그걸 받아들일 거라 생각한 거요? 미친 거요? 그냥 확!"

분위기에 취해 자신도 모르게 주먹을 움켜쥐었던 전풍은 진유검의 발길질에 엉덩방아를 찧으며 나뒹굴었다.

"적당히 해라, 적당히. 어디 어른들 앞에서."

전풍의 말을 끊은 진유검이 침통한 표정을 짓고 있는 진산우의 손을 잡았다.

"그런 표정은 짓지 마세요. 저만 겪은 일도 아니고 가문의 숙원이라는 것이 할아버지의 뜻은 아니잖아요."

"……."

진산우는 아무런 말 없이 진유검의 손을 가만히 쥐었다.

그 손위에 자신의 손을 더 포갠 진유검이 제갈명을 돌아보았다.

"그래도 저놈이 아주 틀린 말을 한 건 아닙니다. 이제는 제 의지대로 살 겁니다. 남의 의지가 아니라."

진유검은 자신의 의사를 확실하게 밝혔다.

제갈명은 진유검의 태도에서 일말의 여지도 없다는 것을

느끼곤 절망하고 말았다.

바로 그 순간, 병사의 문이 나가떨어지며 다급한 표정의 전령이 들어섰다.

"또… 냐?"

지금과 같은 상황이 오늘만 벌써 세 번째였다.

무황의 자리를 가볍게 걷어차 버린 진유검으로 인해 그렇잖아도 온몸에 기운이 하나도 없는 제갈명이 체념한 표정으로 물었다.

"이번엔 또 무슨 일인데?"

"크, 큰일 났습니다."

이제 어지간한 일엔 놀랄 기운도 없었다.

"그러니까 무슨 일이냐고?"

제갈명이 짜증 가득한 음성으로 물었다.

"의, 의협진가가, 의협진가가 무너졌습니다."

"뭔 소리야? 이곳에 있는 의협진가가 왜 무너져?"

제갈명을 대신해 곽종이 전령의 멱살을 틀어쥐었다.

"무, 무창에 있는 본가가 공격당했다는 전갈이 왔습니다. 정확히는 본가를 복구하던 수호표국이……."

"정확히 말해. 지금 수호표국이 공격을 당했다고 했나?"

전령의 멱살은 곽종이 아니라 이느새 진유검에 손에 잡혀 있었다.

"그, 그렇습니다."

"누구냐? 누가 공격을 했지?"

차갑게 가라앉은 진유검의 눈동자 깊은 곳에서 시퍼런 불길이 타오르고 전신에서 엄청난 기운이 뿜어져 나오기 시작했다.

『천산루』 7권에 계속…